W0342992

Arda Erel, 1995 tarihinde İstanbul'da doğdu. İstanbul Bilgi Üniversitesi'nden mezun oldu. Psikoloji, toplumbilim ve felsefeyle ilgilenen Erel'in sırasıyla *Senin İçin* (2016), *Arayış* (2017), *Kendine İyi Bak* (2018) kitapları ve ilk psikolojik romanı *Sarsıntı* (2019) yayımlandı. Yazarın eserleri hem Türkiye'de hem de Avrupa'da çoksatanlar listelerine girdi.

Yüz Yüze
Arda Erel

Yayın Yönetmeni: Aslı Tunç
Editör: Emre Kalcı

1. Baskı: Ocak 2020
ISBN: 978-605-173-678-5

Baskı ve Cilt:
Yıldız Mücellit Matbaacılık ve Yayıncılık San. ve Tic. A.Ş.
Maltepe Mah., Gümüşsuyu Cad.,
Dalgıç Çarşısı, No: 3/4
Zeytinburnu/İstanbul
Tel: (212) 613 17 33 Faks: (212) 501 31 17
Sertifika No: 46025

Yayımlayan:
Epsilon Yayınevi Ticaret ve Sanayi A.Ş.
Osmanlı Sok., No: 18/4-5 Taksim/İstanbul
Tel: (212) 252 38 21 Faks: (212) 252 63 98
İnternet Adresi: www.epsilonyayinevi.com
E-posta: epsilon@epsilonyayinevi.com
Sertifika No: 34590

YÜZ YÜZE

arda erel

epsilon®

"Her şey sana aklımda bir oda vermemle başladı..."

1

Kendi yüreğine doğru koşabilir mi insan? Ya da acıdan kaçarak değiştirebilir mi yolunu?

Çünkü ben şimdi kendime doğru koşuyorum, son sürat.

Ve düşünüyorum, eğer cehennem dünyada değilse başka nerede olabilir?

Üzerinde yürüdüğüm bu ıslak toprak alev alev... Cehennemi acıdan başka yerde aramaya lüzum yok. Cehennem tam da budur; acıdır.

Hızlı adımlarla Doruk'un evinden çıktığımda, sanki adımlarımla beraber anılarım da, korkularım da, kaçtıklarım da, kaçamadıklarım da, travmalarım da, aşklarım da, bildiklerim de, bilmediklerim de, yaşantım da, yaşayacaklarım da, yaşayamadıklarım da bana eşlik etmiş, benimle beraber onlar da o evden çıkıp gitmişlerdi. Hayatın içinde geçmişin ve geleceğin beraber yaşandığı bir şimdiki zaman dilimi olduğunu bilerek yaşasam da, bu bilgiyle böyle bir yerde, böyle bir aşkın ortasında yüzleşeceğimi hiç düşünmemiştim. Adımlarımı hızlı hızlı atmaya devam ederken saçlarımın rüzgârla beraber salındığını, rüzgârın içimdeki sallantıya da eşlik ettiğini fark ettim. Yürürken, arkamdan benimle beraber koşan hikâyemi kendimden uzaklaştırmak, yalnız kalmak istiyordum. Hayal kırıklığı değil de bir acı kırıklığı yaşıyordum sanki. Acı genişlemiş ve beni kırarak ortadan ikiye bölmüştü. Koşarken, yeryüzündeki depremlere olan korkum, içimde yaşadığım depremin yanında önemsiz kalıyor diye düşündüm. Ruhum sanki yaşadığım depremin altında kalmış, düştüğü yerden kurtulmak istercesine ayaklarımı hareket ettiriyordu. Kaçabilsem, yaşadığım sarsıntının etkisi de beni bırakacakmış gibi hissediyordum. Deprem olmayacak bir yere gitmeyi istemek gibi, acı olmayan bir yere gitmeyi istemek mümkün müydü ki?

Bunun doğru olmadığını bile bile düşünmeye devam ettim. Nereye gittiğimi bilmiyordum. Bilmek bile istemiyordum. Bir yer olsun ama içinde acı olmasın, istediğim tek şey buydu. Olmayan bir şeye özlemdi yüreğimde taşıdığım.

Bir ormanın derinliklerine kadar ilerlediğimi, koşmaktan yorgun düşüp zar zor nefes alabildikten sonra fark ettim. Ormandaki ağaçlar sanki beni yaşadıklarımdan koruyacaklarmış gibi her yerdeydiler, içimdeki acıyı da saracak gibiydiler. Büyük bir aile gibi sıralanmış, öylece duruyorlardı. Kimbilir kaç yüzyıldır buradaydılar? Kimbilir kaç insan, kaç hayvan görmüşlerdi? Ormanlardaki ağaçlar da olup biteni izlerdi, tabii insanlar bunu hiç bilmezdi.

Ormandaki canlıların sessiz ama aynı zamanda çoksesli orkestrasından etkilenmemek ne mümkündü!

Ağaçlara sarılmak, yaşadığım bu sarsıntının etkisinden beni kurtarmaları için onlara yalvarmak istiyordum. Koşarken gözlerimden akan yaşların yüzümdeki bütün makyajı dağıttığını, bir ağacın altına oturup onu sanki bir ev bir yuva gibi belledikten sonra ellerime bakınca anladım.

Ne yapacaktım? Ne yapmalıydım? Nereye gitmeliydim? Eğer yaşadıklarım için doğru bir cevap varsa, nereye saklanmıştı? Yavaşça yukarı doğru baktım. Gökyüzünde yazar mıydı? Sonra başımı yere eğip ayaklarımın ucundaki toprağa baktım. Toprak işaret eder miydi? Cevabı bir türlü bulamıyordum. Yüzümü yerden kaldırıp rüzgârla sallanan ağaç dallarına bakarken, gözlerimden akan yaşlar bastığım toprağı ve beni yıkamaya devam ediyordu. Fark etmeden doğanın içine saklanmıştım. Koşarken kendimi birden burada bulmuştum. Gerçi buna saklanmak denir miydi, bilmiyordum. Belki de insanın asıl ait olduğu yere geri dönmesiydi. Neyi bildiğimden bile artık emin değildim.

Tek hatırladığım şey, çerçevenin içindeki fotoğrafta gördüğüm kişinin Doruk'un babası olduğuydu. Onu, şeklini hiç değiştirmediği kır saçlarından hemen tanımış, saniyelik bir zaman dilimine ne uzun süren bir yüzleşme sığdırmıştım. Ve tabii ki yeşil gözleri... Bana canice bakmiş olan yeşil gözler. Gecelerce unutmaya çalıştığım, zihnimin en derinlerindeki bir odaya kendi ellerimle bırakıp kapısını kilitleyerek orada hapsettiğime inandığım o yeşil gözler. İşte şimdi o kapının kilidini kırıp yeniden ortaya çıkmışlardı. Hem de âşık olduğum kişinin babası olarak, onun evinde, bir fotoğrafın içinden tekrar dik dik bana bakmışlardı. Ben bunları düşünürken rüzgâr da şiddetlenmişti. Ağaçların sarsıntısıyla beraber tüm orman birden dalgalanmaya başladı. Ama o evin içinde gördüğüm şeyin yarattığı sarsıntının yanında, doğanın olağan sarsıntısı neydi ki? Durulur, geçerdi nasılsa. İnsana asıl depremi yaşatan ruhsal sarsıntılardı.

Hem korku dolu hem de çok korkusuz; iki zıt duygunun arasında sıkışıp kalmıştım. İnsan yoğun duygular hissettiğinde hep uçlarda sallanırdı. Acıyı yoğun hissederken, umudu da yoğun hissediyordum. Doruk'un varlığının umuduydu bu...

Ama bazı acılar vardı ki, onlar hiç durulmayacak gibi, hep ruhun içinde sallanacak gibiydiler. Yaşadığım acı hakkında da böyle düşünüyordum.

On beş dakika sonra kendime geldiğimde hava aynıydı. Ağaçlar için zaten hiçbir şey değişmiyordu. Onlar bizden bağımsız bambaşka bir yaşamdaydılar. Onlar için hiçbir şey değişmiyorken, benim için ne çok şey değişmişti. Bir an ben de ağaç olmak istedim. Sadece yaşamı izleyen, onu dinleyen ama ona hiç karışmayan bir ağaç...

Ağlamam da hiç durmadan devam etmişti. Ama bir şey yapmalıydım. Burada, bir ağacın gölgesinde oturarak daha fazla duramazdım. Yerden güç alarak doğrulup ayağa kalktım. Olduğum yerden geriye doğru baktım. Dorukların evi uzakta kalmıştı. Gözyaşlarımla görüşüm bulanıklaşmıştı. Senelerdir içime gömdüğüm acım da tıpkı böyle bulanık bir suda yüzüp duruyordu ruhumda, net görülemiyordu. İçimizde olmasına rağmen net göremediğimiz ne çok acı vardı, genelde bilmek dahi istemediğimiz ama hep bir yerlerde sızım sızım hissettiğimiz...

Ormanın içinden, eve doğru yürümeye başladım. Ben adımlarımı attıkça, gözyaşlarım daha da artıyor, sanki bana "Dursana!" der gibi bağırıyorlardı. Duyguların da konuşabildiklerini insanlar biliyorlar mıydı acaba? Onların da dilleri olduğunu, sadece insanlardan farklı olarak sözcüklerle değil, daha çok eylemlerle ortaya çıktıklarını ama asla sessiz olmadıklarını...

Duygularımı duymazlıktan gelerek yürümeye devam ediyordum. Yürüdüğüm yolun varacağı yerden rahatsız olmuş olacaklar ki gürültüye başladılar. Sanki çığlık atıyorlardı. Onları dinliyor ama cevap vermiyordum. Gözlerin bu kadar çok gözyaşını nasıl içinde biriktirdiğini düşünürken, birden durdum. Ellerimle gözlerimi sildim. Saçlarımı düzelttim. Kendimden gitmiştim ama kendime gelmeliydim. Belki de hayatın içinde benliğimizi kaybetmemizin nedeni, kendimizi başkalarına ve onların bize yaşattıklarına çok açık ve korunmasız bırakmış olmamızdı. İnsanın kendine gelmesi, önce kendine dönmesinden başlamalıydı.

Birden kendimle konuşmaya başladım. İçimden değil, sesli şekilde şöyle dedim: "Ben bir acı yaşadım. Bu acıyla var oldum. Bu acı benim gerçeğim. Diğer bütün gerçeklerim gibi... Acı da hayatın gerçeği; mutluluk gibi, öfke gibi, haz gibi. Her insan acıyla yaşamaz mı zaten? O acıyı hep yanında taşımaz mı? Sözlerinde gizleyerek ama yüreğinde hissederek? En mutlu günlerinde bile şükran duyarak, aslında biraz da acıları yüzünden ağlamaz mı? Acıları, mutluluklarında bile insana eşlik etmez mi? Çünkü mutluluk işte o zaman değerli olurdu. O zaman anlaşılırdı etkisi, derinliği. Benim acımı zihnimin en arkasına koyup yok saymam değil; ortaya çıkarmam gerek. Yapmam gereken, onu olduğu yerden yavaşça çıkarmak, önüme koymak ve yüzleşmek." Kendime bunları söyledikten sonra biraz daha iyi hissettim.

Zaten ben bazı şeyleri kendim yapmadan, zaman kendisi getirip çoktan önüme koymuştu. Bana kalan tek şey, zamanın benden istediğini ona vermekti. Zaman, insanın kötülüğünü istemezdi ki hiç. İnsan iyiyle kötüyü birbirine sürekli karıştırdığından hep zamanı, kaderi, insanı, Tanrı'yı suçlardı. Kendimle konuşmam muhtemelen hiç bitmeyecekti ama acilen hareket etmem gerektiğinden, adımlarımı sıklaştırıp eve doğru hızla yürüdüm. Vardığımda evin karşısında durup dikkatlice baktım. Bulanık her şey berraklaşmış, karanlıkta kalan her şey biraz daha aydınlanmıştı.

Ağaçlar beni uzaktan bir baba gibi izlerken, ben de acımla tanışmıştım. Artık her şeyi daha net görebiliyordum.

2

Evin önünde dururken, yanıma sadece telefonumu almış olduğumu fark ettim. Doruk yaklaşık 10 kez aramış ve 4 tane de mesaj bırakmıştı.

Nereye kayboldun?

Neredesin?

Derin lütfen cevap ver.

Görür görmez beni lütfen arar mısın?

Mesajları okuduktan sonra, telefonun ön kamerasını açıp kendime baktım. Çok kötü görünmüyordum ama evin arka tarafında biraz beklemem daha doğru olacaktı, sakinleşmem gerekiyordu...

Ağlamıyordum, gözyaşlarımı düşüncelerimle durdurmaya çalışmıştım. Şimdi bunun hiç zamanı değildi.

Doruk'un karşısına daha iyi vaziyette çıkmak için evin arkasında beklerken, kaçma dürtüsü yerini eve tekrar geri dönüp hiçbir şey olmamış gibi davranma isteğine bırakmıştı. Çünkü kaçarsam, hayatımda bana kendimi ilk kez seviliyor hissettiren ve benim de birini ilk kez gerçekten sevmemi sağlayan adamı, kendi acım uğruna terk edecek ve ona bencillik yapacaktım. Doruk benim için çok şeyi göze almıştı. Eğer ortada cezayı hak eden biri ya da bir şey varsa, bu ne ben, ne Doruk, ne de yaşadığımız aşktı. Babasının bana yaptıklarının bedelini asla o ödememeliydi. Kameradan yüzüme bakmaya devam ederken eve geri dönme kararımın doğruluğunun tekrar farkına varıyordum. Kaçmayacaktım. Kaçmak bana yakışmazdı. Bana tecavüz edip kaçan biri vardı ortada ve o eğer kaçma sırasının bana geldiğini düşünüyorduysa, kesinlikle çok yanılıyordu. Yüzüm normal haline döndüğünde evin ön kapısına doğru yürüdüm. Kolay bir şeye adım atmadığımı biliyordum ama başka çarem yoktu. Başka çarem olsun da istemiyordum. İçimdeki cesaretin bana verdiği duygunun ışığında bir anda zili çaldım. Cesaret benim için hayatın kendisi gibi bir şeydi. O olmasaydı, ne ben ne de Doruk'la yaşadığım aşk olurdu... Doruk'un içeriden koşarak geldiğini duydum. Kapıyı açar açmaz, sanki önce kaybetmiş ve sonra tekrar bulmuş gibi hemen bana sarıldı. Doruk, onu bırakacağımı hissetmiş gibi telaşlıydı, neredeyse titriyordu. Kolları bütün vücudumu sararken, "Nereye kayboldun? O kadar korktum ki," dedi.

"Neden korktun? Gelirken sizin buradaki ormanlık alanı görmüştüm, sen ortalıkta yokken tek başıma oksijen almak iyi gelir diye düşündüm," diye cevap verdim.

Burnumu çektim. Burnumu çektikten sonra çıkan sesten ağladığımı anlamasın diye içimden hızlıca dua ettim. Ama neyse ki anlamadı ve ben konuşurken yüzümü ellerinin arasına aldı.

"Demek öyle... Daha yeni gelmişken, hemen bensiz takılmak mı istedin sen?" dedi ve gülümseyerek ellerinin arasındaki yüzüme yaklaşıp yanaklarımdan öptü. Sonra da dudağıma minik bir öpücük bıraktı. Yüzüme bakınca yaşadığım sarsıntının etkisini anlamamış olduğu için çok mutluydum. Bir gün ben de kendimi, içimdeki sarsıntının etkisini unutmuş olarak aynaya bakarken bulabilecek miydim? Keşke Doruk olup kendimi onun gözünden görebilseydim.

İçeri girdikten sonra tuvalete gittim. O sırada Doruk mutfağa, bana hazırladığı şeylerin başına dönmüştü. Ben de ellerimi ve yüzümü yıkadıktan sonra biraz olsun rahatladım. Ne yapacağımı ya da yapacağım şeyleri nasıl yapacağımı hiç bilmiyordum. Tek bildiğim, kaçmanın değil yüzleşmenin ve Doruk'u bu olaya dahil etmemenin doğruluğuydu. Onun hiçbir şeyden haberi olmadan bu ilişkiye devam etmeliydim. O pislik eğer tekrar mektup gönderirse, o zaman ben de kendi silahlarımla ortaya çıkacaktım. Yaşadığım aşkı kimsenin bozmasına izin vermeyecektim. Kötülere boyun eğmek, onları zafere ulaştırmaktı, yaşama "kötüler kazanır" sözünü söylettirmekti. Cesaret ve aşksa hayatta var olmanın en güzel ve kıymetli yoluydu.

Yüzümü kurularken içeriden Doruk'un sesini duydum.

"Deriiin... Hadi ama! Hazırladığım yemekler soğuyacak."

Yaşadığım aşk uğruna, hissettiğim acıyı şimdilik içimde bir yerlere gömerek kapıyı açtım.

Kendimle konuşmam uzun sürmüş olmalıydı, daha fazla bekletmemek için sıcak bir şekilde olmasa da ona seslendim.

"Geldim."

3

Doruk masada benim için yaptığı yemekleri nasıl hazırladığını, zamanında yemek yapmayı öğrenmek için kaç kez kursa gittiğini, yemek yapma merakının nasıl başladığını anlattı, durdu. Benimse tek düşündüğüm şey kır saçlı, yeşil gözlü adamın, çerçevenin içinden de olsa oturduğumuz yerde bizi görüp göremediğine dair durduramadığım merakımdı.

Doruk tüm gece sevgiyle hizmet etti ve bana sürekli, "Kendini lütfen kendi evinde gibi hisset," deyip durdu. Dahası ben mutlu olayım, kendimi evimde gibi hissedeyim diye yapmadığı şey kalmadı. Benim için birine kendini evinde gibi hissettirebilmek, aslında o kişiyi sevmekle başlıyordu. Ben Doruk'un yanındayken, kendimi zaten evimde hissediyordum. Ama o bunu, sanki benim bildiğim kadar net bilmiyordu. Zaten hiç kimse, bir başkasının içinde hissettiği duyguları sahibi kadar iyi bilemezdi. Bununla da yüzleşmiş, bu bilgiyi de sindirmiştim.

Ev, insanlar için sevginin nesneleşmiş, yani maddeleşmiş haliydi. İnsanlar çocuklarını bir evin içinde büyütüyor, onlara o evin içinde odalar veriyor, onlarla o evin içinde yemekler yiyordu. Yine o evin içinde ailede bir hiyerarşi oluşuyor, o evin içinde eşler birbirine sevgi sözcükleri söylüyor, herkes mahremini o evin içinde yaşıyordu. Şimdi Doruk'un evinde olmam ikimiz için de bu yüzden çok özeldi ve aslında Doruk'un "evindeymişsin gibi" diyerek hissettirmeye çalıştığı şey, onun beni ailesinden biriymiş gibi görme isteğinin dile dökülmüş haliydi. Ben Doruk'u ilk gördüğüm andan beri evimde gibiydim. Ama o evin içinde, böyle bir fotoğraf bulacağımı hiç tahmin etmemiştim…

Gece olup odaya çıktığımızda, Doruk sürekli beni düşündüğünü, beni ve bedenimdeki her noktayı çok özlediğini kulağıma fısıldarken, ona, "Bu gece beraber olmasak olur mu?" diye sordum. Bir an tersleyecek veya bir şeylerden şüphelenecek diye korksam da o sadece, "İstemiyor musun?" diye sormakla yetindi. Gördüğüm o fotoğraftan ve aklıma getirdiklerinden sonra hiçbir şey yaşamak istemiyordum. Ne enerjim ne de duygum kalmıştı. Tabii bunu Doruk'a yansıtmamak için elimden gelen her şeyi yapıyordum. "Nedense sarılıp uyumak bugün bana daha iyi gelecekmiş gibi hissediyorum," dedim. Üstelemedi. Acaba şu an neden bu şekilde davrandığımı bilseydi ne hissederdi diye düşündüm. Ama bunu düşünmem fayda sağlamayacaktı. Ben yatakta uzanıp sessizce tavana bakarken kollarını bana doladı. Geniş omuzlarının altındaki sıcak göğsüne başımı koyduğumda yaşadığım şeyi tekrar hatırladım. Gözlerime yaşlar dolsa da onları sımsıkı tuttum. Şu an neden ağladığımla ilgili Doruk'a bir bahane uyduramazdım. Uyumayı, hiçbir şey düşünmemeyi diledim. Hiçbir şey düşünmemeye çalışırken bile ne çok şey düşündüğümü fark ettim.

Gece boyunca sadece birbirimize sarıldık ve sabah olduğunda Doruk'un elleri vücuduma sıkı sıkı sarılı vaziyetteydi. Ona dönüp yüzüne baktığımda, bu kadar kötü bir adamın bu kadar iyi bir erkeği nasıl yetiştirdiğini sorguladım. Çocuğu bir aile yetiştirse bile belki de kişi en çok kendi kendini yetiştirirse büyüyor, o zaman "iyi bir insan" olabiliyordu.

Doruk'u terk edip etmeme sorusu işte ilk kez bu sabah aklıma geldi. Yaşadığım şeyi onun yaşantısına sıçratıp onu da benimle aynı mutsuz yere götürmeli miydim? Onu bu kadar çok severken gerçekleri anlatarak nasıl canını yakabilirdim? Babasının gerçekte kim olduğunu ona nasıl söyleyebilirdim? Söyleyemezdim ki... Doruk'un hem uykusuna hem yalanlarıma kapanmış gözlerini biraz daha izledim. Onu bir ömür yalanlarla uyutarak izleyebilir miydim?

Kahvaltıdan sonra onunla beraber burada daha fazla kalmamın doğru olmadığını Doruk'a anlattım. Yapılacak işlerim olduğundan, işlerimin başına, ofisime geri dönmek istediğimden bahsettim. "Ama bu kadar az kalacağını hiç konuşmamıştık," dedi ve bu kararı hızlı aldığımı, gidişata göre karar vermemin daha iyi olabileceğini söyledi. Çerçevede gördüğüm fotoğraftan sonra olayların farklı yüzüyle tanıştığımdan, korku beni birdenbire terk etmişti. Korkumun yerini başka bir duygu almıştı. Tabii bu konudaki rahatlığımın sebebini Doruk'a açıklayamayacak olduğumdan, ona, "Herhangi bir şey olacaksa olur. Bazı şeyleri engelleyemeyiz. Yeterince önlemimizi aldık zaten," demekle yetindim. Beni rahatlamış gördüğünde, Doruk da rahatlamaya başlamıştı. Daha çok kalmam için ısrar etse de Lidya'nın beni beklediğini, artık işlerimin başına dönmem gerektiğini tekrar ettim. Yalanlarıma yalanlar doğuruyordum ama bu, onun acılarına acı eklemekten iyiydi... Başka şansım yoktu. Doruk'a bazı yalanlar söylemek zorundaydım. Muhtemelen uzun süre bu yalanlarla beraber yaşayacaktık. Başkasının canını acıtmamak, onu üzmemek, kırmamak için söylediğin yalanlar gerçekten yalan sayılır mıydı? Bazı gerçekleri söylemek, bünyesinin o ağırlığı kaldıramayacağını bildiğin birinin sırtına daha büyük yükler vermek gibiydi. Bazı yalanlar insanı üzüntüden korurlardı. Bu yüzden yalan bazen şarttı. Çok üzülerek evden ayrılırken bana, beni çok sevdiğini ve her şeyin güzel olacağını söyledi. Her şey güzel olacak mı, bilmiyordum ama hiçbir şeyin eskisi gibi olmayacağından emindim.

Taksiyle evimin önüne geldiğimde bu eve ilk defa girerken neler hissettiğimi, dün çıkarken neler hissettiğimi, şimdi yeniden girerken neler hissettiğimi düşündüm. İlk defa zamandan korkuyordum. Yaşamaktan korkuyordum. İnsanlardan korkuyordum. Bu evi alırken Tolunay'la yüzleşmiş ve buraya öyle gelmiştim. Bu evden dün çıkarken aşkımla ve cesaretimle yüzleşmiş, kapıdan korkusuzca çıkmıştım. Şimdi tekrar eve girerken bana eşlik eden acımla yüzleşip travmamı da yanıma alarak sanki onunla beraber evime gelmiştim. Şoföre ücretini ödedikten sonra apartmanın içine girip yavaşça merdivenleri çıktım. Eve girdiğimde, Doruk yüzünden saatlerdir tuttuğum gözyaşlarım hüzün kapıları tekrar açılmış gibi dışarıya taştılar. Onların yeniden akmasına, gözlerimden özgürce koşmalarına izin verdim. Kolay bir şey yaşamadığımın farkındaydım. Bunları tek başıma yaşadığımın da farkındaydım. Tek farkında olmadığım şey ise bundan sonra ne yapacağımdı.

Bavulumu odama yerleştirdim ve ayakkabılarımı çıkarıp ana rahmindeki bir bebek gibi yatağımın üzerine uzandım. Şimdi annem olsaydı, diye düşündüm. Onun sıcak kolları olsaydı. Belki yumuşacık elleri, okşayacağım yüzü, "Üzülme kızım," diyen sesi, belki "geçecek," diyen umutları olsaydı... Hiçbir zaman annem olmayacağı gerçeğiyle tekrar yüzleştikten sonra kendime gelmek için yatakta derin bir nefes aldım. Hâlâ kendime gelememiştim... Yaşadıklarımı psikolojik açıdan düşünmeye başladım. Hayat bana ne söylüyordu? Ne söylemişti? Ben neyi yapamamıştım da bunu yaşamak zorunda kalmıştım? Hayatımın son birkaç ayını düşündüğümde, geçmişime geri dönmem için zihnimin âdeta yalvardığını fark ettim. Aslında geçmişim, yaşadığım travmam peşimi hiç bırakmamıştı. Önce cinselliğe ve erkeklere karşı soğuk duruşum, travmam yüzünden cinsellikten yıllarca kaçışım ve erkeklerin dokunuşlarından korkuşum... Sonra okuyup kendimi geliştirerek, cinselliğe ve erkeklere yüklediğim anlamları yıkıp dönüştürmemle birlikte cinsel deneyimlerimin başlaması ama asıl meseleyi konuşmamış olduğumdan, Tolunay'ı hayatıma çekişim... Ve kapağını hiç açmadığım travma kutumun, Ece'nin taciz vakasıyla beraber tekrar bana seslenişi ama benim onu yine duyamayışım... Ece'nin bana, benim temsilim olup bağırışı... Her şey apaçık şekilde ortadaydı aslında. Yaşam kitap gibiydi ama ben sanki kendi hikâyemin dilini yeni yeni öğrenebiliyordum. Çünkü herkesin hayatındaki kişiye özel bir dili vardı ama çok az insan yaşam hikâyesinin dilini öğrenip konuşabilmeyi başarıyordu.

Şimdi her şeyi görebiliyordum. Görmek, değiştirmenin ve onarmanın tek yoluydu. Bastırmak ve görmemekse, hayal kırıklıkları ve travmaların tekrarlanışının nedeni...

Her şeyi daha iyi anlarken, bir yandan kendimi de daha iyi anlıyordum. Neyi neden yaşamak zorunda kaldığımı da... Peki, ne yapacaktım? Şimdi sıra asıl düşünmem gerekene gelmişti.

4

İnsan, aradığı cevapları başka bir insanın içinde bulabilir mi? Eğer insan duygularını başkaları sayesinde yeşertebiliyorsa, biri diğerine bu kadar muhtaçsa, belki cevaplar da birbirleri aracılığıyla insandan insana taşınabilir. Ama hâlâ bilmiyorum. Ne yapmam gerektiğini bir başkasının kafasının içinde bulabilir miyim? Cevabım başkasında saklanmış olabilir mi? Doruk'un çocukluğundan yetişkinliğine gelene kadar içinde benim için büyümüş sevgisinin onda durması gibi, cevap da ondan gelebilir mi? Hayır. Sanmıyorum.

Haftalarca bu düşüncelerin içinde kaybolup gitmişken, döndüğüm günün gecesi aniden Doruk'tan bir mesaj geldi.

Bir şey mi oldu?

Doruk'un bu mesajı atmasının sorumlusu bendim. Eğer daha iyi bir oyuncu olabilseydim, bana böyle bir mesaj atmasına hiç gerek kalmayacaktı. İnsanları analiz etmekte ve psikolojilerini yorumlamakta uzmandım ama oyunculukta daha çok yol katetmem gerekiyordu. Özellikle şimdi. Peki benden iyi bir oyuncu olur muydu? Belki de asıl sorulardan biri buydu.

Hızlıca yazdım:

Hayır... Neden?

Anında cevap verdi:

Birden gittin. Her şey birdenbire gelişti. Korktum.

Mesajını okurken bir yandan da ne yazacağımı düşünüyordum. *Durumu biliyorsun. Hem işlerim yüzünden hem de bu mektup olayından dolayı bir süre görüşmezsek daha iyi olur,* diye yazdım. Yazdığımın hiç inandırıcı olmadığını, yalanı söyleyen ben olduğum için mi iyi biliyordum yoksa yalan söyleyenler sözlerinin başkalarının gözünde de yalan olabileceğinin hep farkındalar mıydı?

Sen bilirsin... Seni sevdiğimi biliyorsun, değil mi?

Mesajını okurken gözlerim dolmuştu. Bir insan bir insanı severdi de acılarını da bu kadar hisseder miydi? Doruk acımı öpermiş gibi kelimeler üzerinden ruhumu okşuyordu. Onu çok sevdiğimi hep biliyordum. Artık daha çok hissedip âdeta bu hisle yaşar olmuştum.

Seni, çok! diye yanıtladım ve telefonu bıraktım. Gece uyumadan önce bilgisayarımdan ve randevu defterimden yarın yapmam gereken işlerime baktım. Birçok işi ertelemiştim ve eve dönerken Öykü'den hepsini bu haftaya almasını istemiştim. Evet, sarsıntı yaşamıştım ama hayat devam ediyordu. Hayatın sarsıntılarını duyan sadece insandı, hayat ise sarsıntılı ya da sarsıntısız akmaya devam ederdi. Hayat, olaylara kulak asmazdı. Sanki hiçbir şeyi umursamayan küçük bir çocuk gibiydi. Ölüm de olsa, doğal afetler de yaşansa, kötülükler de ortaya çıksa; o akmaya, yaşatmaya devam ediyordu. Tabii şimdilik.

Benim de tıpkı hayatın kendisi gibi başkalarına göre değişen bir yanım olmaması gerektiği için, sarsıntımı tüm gece ağlayarak kendime yaşatmaya devam etsem de gün yavaşça aydınlanırken, verdiğim kararlar da ortaya çıkıp acımı aydınlatmaya başlamalıydı. Birincisi, işe hazırdım. İkincisi, üzülmek için bir sebebim yoktu; asıl şimdi yaşamak için daha çok sebebim vardı. En önemlisi, bu kadar cesaretli olma diye beni tehdit edenlere, cesaretin ne demek olduğunu artık gösterme zamanıydı...

5

Ofise girdiğimde, saat 12 olmuştu. Lidya beni bekleme salonunun ortasında karşıladı.

"Şükür kavuşturana!"

Gülerek ona sarıldım. Şükretmekte çok haklıydı.

"Seni çok özlemişim," dedim. O da benim için aynı cümleyi kurduktan sonra, "Neyse ki her şey çok yolunda artık," diye devam ettim. *Peki gerçekten yolunda olan bir şey var mıydı?*

"Çok sevindim," dedi. "Ama sanki yüzün aynı şeyi söylemiyor."

Beni çocukluğumdan beri tanımasından mı, yoksa yüzüme cümlemin anlamını oturtamadığımdan mı böyle düşündüğünü bilemedim. Demek ki sarsıntım yüzümden tamamen silinmemişti. Nasıl silinecekti ki?

"Yorgunum ya... Geceleri pek uyuyamıyorum da, ondandır," dedim inandırıcı olmayacağını bile bile.

"Güya her şey yolunda demiştin," der gibi bir ses tonuyla, "Neden?" diye sordu. O sırada kapı çaldı, muhtemelen danışanlarımızdan biri içeri girmek üzereydi.

"Anlatırım daha sonra," dedim. "Odama geçeyim, elimdekileri bırakayım. Konuşuruz yine canım," diyerek ve gözlerimle elimde taşıdıklarımı işaret ederek odama yürüdüm. Odama girdiğimde ofisimi ne kadar çok özlediğimi fark ettim. Üstümü başımı çıkarıp elimdekileri de masamın üzerine koyduktan sonra işime başlamak için hazırdım. Daha doğrusu hazır olmak zorunda olduğumun farkındaydım. Aniden durup şu an yaşadığım şeyin aynısını yaşayan dünya üzerindeki binlerce insanı düşündüm. Sadece kendi yaşadığımı değil, tüm "mış gibi" yapmak zorunda kalanları... Herkes gittiği her yerde "mış gibi" yapıyordu. Herkes gülüyor, kahkaha atıyor, dertlerini de içine katıp onlara da gülmek istercesine bunu yapmaya devam ediyordu. Acılarını komikleştirip hafifletmeye çalışanlar vardı bu dünyada. "Umursamıyorum," deyip kanaya kanaya umursadığı şeyden kurtulmak isteyenler... takıntılarını ilahlaştıranlar, hatta takıntı değilmiş gibi yapanlar vardı bu hayatta.

Şimdi ben de yaşıyor ve hayatıma devam ediyordum, yaşamayı isteyip istemememem bir soru bile değilmişçesine...

"Danışanınız geldi. Uygunsanız alıyorum Derin Hanım," diyerek kapı aralığından Öykü seslendi.

"Ah... Dalmışım canım. Alabilirsin, hazırım," diyerek Öykü'yü cevapladım. Danışanımın kim olduğunu bilmiyordum, doldurduğu formu içeri girerken fark etmiştim. Onu karşıma oturttuktan sonra formu göz ucuyla inceleyebilirdim.

"Merhabalar," diyerek sıcak bir ses tonuyla içeri girdi

ve beni selamladı. Üstündeki bordo montuyla çok şık görünen, melezleri andıran ten rengiyle, 30'larında bir kadındı.

"Merhabalar, hoş geldiniz, buyurun," diyerek elini sıktıktan sonra, ona oturması için köşesini gösterdim. O montunu çıkarıp oturduğu sırada, ben de doldurduğu formu inceliyordum.

"Sizin ne kadar iyi bir psikolog olduğunuz çok konuşuluyor," diyerek söze başladı.

"Ah... Öyle mi? Ne mutlu bana. Çok teşekkür ederim," diyerek gülümsedim.

O da samimi bir gülümsemeyle karşılık verdikten sonra devam etti. "Derin Hanım öncelikle kendimi tanıtayım. Adım Zehra. Ben 35 yaşındayım. Bekârım ve mimarım. İstanbul'da yaşıyorum. Maddi durumum yerinde, kendi paramı kendim kazanarak bir hayat sürdürüyorum. Ancak hayatımın son 5 senesinde her şey çok hızlı ilerledi. 30 yaşımdan 32 yaşıma kadar Cenk adında biriyle, 33 yaşımdan 35 yaşıma kadar da Serdar diye biriyle beraber oldum. Ancak kısa sure önce bir şey fark ettim ve kendimi burada buldum."

Zehra'yı dinlerken, göz ucuyla baktığım formdaki tüm bilgileri görmüştüm.

"Neyi fark ettiniz?" diye sordum.

"Hep aynı şeyleri yaşıyorum. Hayatım sürekli aynı şeyleri tekrar ederek geçiyor." O sırada kendisi için sehpaya bırakılan sudan bir yudum aldı ve saçlarını düzeltti. "Yani mesela Cenk de beni terk etti, Serdar da. Hep terk ediliyorum... Artık bu sorunum yüzünden ilişki kurmaktan korkar oldum. Neden sizce? Neden hep terk ediliyorum?"

İlk önce Zehra'nın yineleme zorlanımı yaşadığını düşündüm. Ama tespit yapmak için çok erkendi... Acaba hem Cenk'te hem Serdar'da neyi yanlış yapmıştı? Neden insanları kendinden uzaklaştırarak onların Zehra'yı terk etmesini sağlıyordu? Terk etmek kadar, terk edilmek de bir tercihti aslında.

"Peki Zehra Hanım, öncelikle şuradan başlayalım mı? Mesela Cenk ve Serdar nasıl insanlardı? Biraz anlatır mısınız?" diye sorarak konuya giriş yaptım.

"Cenk avukattı, benden 5 yaş büyüktü. Serdar ise benim gibi mimardı ve o da benden 6 yaş büyüktü. İkisiyle de beraber yaşadım. Cenk iyi kalpli, dürüst ama alkol sorunu olan biriydi. Hatta alkolikti diyebilirim. Yani içmeden duramazdı. Serdar da sıcakkanlı ve düzgün biriydi ama kumar bağımlılığı vardı. Her ne kadar o bunu inkâr etse de... Sanırım hiçbir kumarbaz, kumarbaz olduğunu kabul etmiyor."

Zehra beraber olduğu erkekleri anlatırken, söylediklerinin hepsini not aldım. Muhtemelen Zehra kendi ailesindeki bir bağımlılık problemini çözmeye çalışıyor, daha sonra bu problemi çözemediğinde karşısındakilerden onu terk etmelerini sağlayarak ayrılıyordu. Çünkü aslında birinin bizi terk edişini de biz kendimiz hazırlardık. Sadece bizi terk etmeleri için o zamanlarda ne yaptığımızdan haberimiz olmazdı.

"Peki anneniz ve babanızla aranız nasıl? Görüşüyor musunuz?"

"Evet görüşüyorum. Ama daha çok annemle... Babamla daha az. Onun her zaman başka işleri olur da..."

"Anlıyorum. Peki çocukken de hep babanızın annenizden daha mı çok işleri olurdu?"

"Çocukken... Evet, o zamanlarda da babamla daha az vakit geçirirdim. O hep bana daha az vakit ayırırdı. Tek çocuk olmama rağmen... Çünkü babam bir bağımlıydı. Kumar bağımlısı. Hep yurtdışı seyahatleri oluyordu."

Zehra'nın anlattıklarını hızlı hızlı not alırken, neyi neden yaşadığını yavaş yavaş görmeye başlayacağımı hissediyordum. Zamanla, o anlattıkça bulanık olan su, hem onun gözünde hem de benim gözümde netleşecekti.

Muhtemelen Zehra, babasının onunla az ilgilenmesi ve bir bağımlılığı olması yüzünden bağımlılık geliştirebilecek erkeklere çekilmişti. Cenk alkol bağımlısı... Serdar kumar bağımlısı... Ve muhtemelen annesinin zamanında babasına yaptığını, o da ilişkilerinde erkeklere yapıyordu. Annesi oluyordu yani, annesi olup babasını değiştirmeye çalışıyordu. Tabii bunu sormadan bilemezdim, sadece öngörmüştüm. Acaba annesi zamanında bu bağımlılık karşısında ne tepki vermişti ve Zehra hangi tepkilere tanık olmuştu? İnsanın tanık oldukları, istemeyerek ve sessizce de olsa karakterini oluşturan büyük etkenlerden biriydi.

"Babanızın bağımlılığıyla nasıl yüzleştiniz? Anneniz babanızla ilgili ne düşünüyordu?" diye sorarak devam ettim.

Acıyla karışık bir gülümseme yayıldı yüzüne ve konuşmaya başladı. "Bir gün annem bana gelip her şeyi anlattı. Yurtdışına iş dolayısıyla gittiğini zannediyordum. Oysa hepsi kumar yüzündenmiş... Gerçi ben o zamanlarda da bir yalan döndüğünü düşünüyordum."

Babasının yurtdışına gidip gelmesi, Zehra'da terk edilmeye dair ilk korkuları oluşturmuşa benziyordu. Terk edilmeyle kimbilir ilk ne zaman tanışmıştı...

"Babanız yurtdışına giderken siz ne düşünüyordunuz? Her seferinde evden çıkıp gittiğine tanık oluyor muydunuz?"

"Evet. Hep görüyordum. Küçük bir seyahat bavulu vardı. Kahverengi, çizgili. Onu alır, giderdi. Ve hep annemin içinin sıkıldığını hatırlıyorum, onu hep mutsuz görürdüm, sıkıntı yüzüne yayılır otururdu sanki."

Zehra'nın gözleri dolmaya başlamıştı, özellikle de "annem" dediğinde...

Muhtemelen şimdi zihninde babasını evden giderken görüyordu. Annesini ise mutsuz resmedip ona tanık olurken... Bir yandan annesi üzerinden kendisiyle de bir tanışıklık yaşıyordu. Zehra terk edilmeyle ilk tanıştığı zamanlara doğru zihniyle beraber yol alırken, "Siz nasıl hissederdiniz?" diye sordum.

"Terk edilmiş..." diyerek yanıtladı.

"Bir çocuk babasının evden gidişini izlemekten hiç hoşlanmaz ki... Sonuçta bunları yaşarken ben daha çocuktum. 7-8 yaşlarındaydım..." Zehra ağlamaya başlamıştı. Onu yüzleştiklerinin etkisi altında izlerken, yetişkin hayatına neler taşıdığını yavaş yavaş görebiliyordum. Keşke geçmiş, zaman üzerinden geçerken zihnimizden de geçip gidebilseydi. Keşke zihin her şeyi taşıyan bir kutu değil de sadece ânı yaşayan bir kutu olabilseydi...

Kısa bir süre Zehra'nın sakinleşmesini bekledim ve sonra ona doğru hafifçe yaklaşarak, "Yaşadıklarınızın hepsi o kadar normal ki... Terk edilmeyle erken tanışıklığınız, öncelikle terk edilmeyi sizin için çok büyük bir sorun haline getirmiş ve daha sonrasında babanızın bağımlılık problemini ilişkilerinize taşıyıp orada çözmeye çalışmışsınız... Belki de anneniz olmuşsunuz, çünkü ya ebeveynlerimizin yaptıklarını yaparız ya da tam tersini... Ama illaki etkileniriz ebeveynimizden," dedim.

Zehra söylediklerimi çok hızlı kavrayacak, akıllı birine benziyordu. Hemen cevap verdi: "Doğru söylüyorsunuz.

Şu an farkına varıyorum... Son ilişkilerimde her ikisinin de bağımlılık problemi vardı ve ikisiyle de bağımlılıklarıyla ilgili konuştuğumda, bana 'sana ne' gibi cevaplar verirlerdi. Babam da anneme hep böyle derdi. 'Bu benim hayatım, sana ne!' Annemse hep ağlar, bununla savaşabileceğine inanırdı. Babamın değişeceğine inanırdı. Ben de hep bir nedenle ikisinin de değişeceğine inandım. Mücadele verdim. İnsanlar değişmez mi Derin Hanım?"

Zehra, annesinin rolünü taşıdığı gerçeğiyle yüzleştikten sonra bana muhtemelen sadece kendisinin değil, belki annesinin de çok merak ettiği o soruyu sormuştu. Şimdi vereceğim cevap onun belki de bütün hayatına bakış açısını değiştirecekti.

Sakince cevapladım. "İnsanlar tabii ki değişebilirler. Ama genelde başkaları istediğinde değil, kendileri istediklerinde yaparlar bunu. Eğer siz başkalarının değişim sorumluluğunu kendinize yüklerseniz, yüklediğiniz sorumlulukların altında ezilirsiniz... Kişi kendi değişimini istemezse, başkasının istemesi onu maalesef değiştiremez..."

Dinlerken pürdikkat gözlerime bakışı beni çok etkilemişti. İri kahverengi gözleri çok güzeldi. Zehra şimdi sanki hem annesinin yaşadıklarının hem de kendi yaşadıklarının yıllardır varlığını koruyan anlamını değiştiriyor, bambaşka bir anlama doğru yol alıyordu. Değişmesini beklediği insanların değil ama kendisinin değişimi nihayet başlamıştı.

"Yani... Annem babamı hiçbir zaman değiştiremezdi, öyle mi?" diye sordu. Aynı zamanda kendisinin de birini değiştirip değiştiremeyeceğini soruyordu.

Ona en anlaşılır şekilde anlatmaya devam ettim. "Maalesef... Ancak babanız kendisi bu değişimi isterse, o başka!

Hem annenizin de değiştirmek gibi bir sorumluluğu yok ki... Yani muhtemelen anneniz de yüklenmemesi gereken bir sorumluluğu kendi kendine yüklemişti."

Zehra beni dinlerken, aslında kendi ilişkilerinde annesini rol model alarak ne çok hata yaptığıyla yüzleşiyordu. Onun annesini suçlamasından korkuyordum ama muhtemelen annesine karşı bir öfke boşalımı yaşayacaktı. Aynı zamanda kendisine de tabii. Ki bu da kötü olmayacaktı. Çünkü ebeveynlerin yanlışlarıyla yüzleşenler, ancak onlara öfke kustuktan sonra tekrar onlarla barışabilirlerdi. Öfke doğru yaşandığında sadece bir duygu durumundan ibaretti, hatta yaşamda gerekliydi de. Asıl öfkenin hiç yaşanmaması kötüydü. İnsan öfkesini de kusmalı ve onu ne zaman gerekirse, o zaman ortaya koymalıydı. Zehra'yla terapimiz biterken ona son bir şey daha söyledim.

"Siz terapiye devam ettikçe hem terk edilmekle ilgili yaşadığınız tekrarlar hem de karşınıza çıkan insanlar da illaki değişecektir. İster istemez olacaktır bu. Çünkü hoşlantının psikolojisi vardır. Hepsini konuşacağız..."

Zehra gözyaşlarını sildikten sonra bana teşekkür etti ve ofisten ayrıldı. O gittikten sonra söylediğim "hoşlantının psikolojisi" tabiri kulağımın içinde çınlayıp bana, "Tam olarak ne demek istedin?" dercesine tekrar seslendi.

Gerçekten böyle bir şey vardı yaşamda. Zehra'nın, babasının problemlerini ona tekrar yaşatacak kişileri algılayıp buna "hoşlantı" ve "aşk" demesi gibiydi hoşlantının psikolojisi... Bizi terk edecek, çözemediğimiz sorunları çözmemizi ya da tekrarlamamızı sağlayacak insanları seçip buna "aşk" diyorduk. Travmalarımızı çözmek uğruna aşklar yaşatıyorduk ruhlarımıza, aşklar yaratıyorduk... Ve bu aşklardan doğan şarkılar, kitaplar, resimler, heykeller, filmler yapıyorduk. Peki hoşlantının bile psikolojisi varken, ben Doruk'ta neyi görmüştüm?

Ve daha da önemlisi, o bende neyi çözmeye gelmişti?

6

Terapi randevularım bittikten sonra, dışarıda yürümek istedim. Yürümenin yatıştırıcı bir yanı olduğunu düşünüyordum. Zihne iyi geliyordu. Yürüdükçe zihin daha çok açılıyor, birbirinden kopamayan düşünceler de kopmaları gereken yerlerden kopup olmaları gereken yerlere doğru yürümeye başlıyordu. Ofisin sokağında yavaş, acelesiz adımlar atarken bunları düşünüyordum. Aslında her davranışımızın altında bizi daha iyi biri yapmasını istediğimiz bir beklenti oluyordu. Hayatımızın yapısı belki de bu düşünce üzerinden inşa edilmişti. Adımlarımızı atarken aslında ne çok şey inşa ediyorduk habersizce... Kafamda beliren görüntüler, yanımdaki arabanın korna sesiyle kayboldu. Siyah arabanın karanlık camı indi ve içindeki, "Hadi atla," diye seslenen Doruk'u fark ettim. Şaşırmıştım ama nedense tepkimi belli edecek hal bulamıyordum kendimde. Belki de şaşırma duygum, şimdilik başka bir yere kaçmıştı. "Nereden çıktın sen, işin yok muydu bu saatlerde?" deyip arabaya doğru eğilerek saate baktım, sonra da Doruk'a.

"Bitti işlerim, ne bekliyorsun? Hadi atlasana, arkaya arabalar doluşacak şimdi, kornaya basıp duracaklar!" dedi. Kapının kilidini içeriden açtı. Ben de kapıyı açıp yanına oturdum. Düşüncelerim de benimle beraber Doruk'un yanına, koltuğunun bir köşesine oturmuşlardı sanki. Onları görmüyor ama varlıklarını hissediyordum. Yanımda, sanki koltuğun kenarına sıkışmış gibiydiler. Rahat oturamadıklarından emindim. Acaba onların da kemerlere ihtiyaçları var mıydı? Çünkü hayatta bazı düşüncelerin, düşünce kemerlerine ihtiyaçları olduğunu düşünüyordum. Yanlış düşünceleri kendimizden korumak için onlara da kemerler takmalıydık.

"Nasıl geçti günün?" deyip çantamın üzerinde duran elimi tuttu.

"Güzel geçti," dedikten sonra çantamı arka koltuğa koydum ve "Ama yorucuydu," diye ekledim.

Durgunluğumu hemen sezmiş olacak ki elini çeneme götürüp, "Bir şey mi oldu?" diye sordu. "Bu yüz neden hiç bana bakmıyor bugün?"

"Hayır, bir şey olmadı. Durgunum biraz. Dedim ya... Çok çalıştım bugün," diye cevapladım. "Birçok iş yarım kaldı. Hepsini tamamlayamadım. Bu yüzden stres oldum biraz."

Tüm insanlar yalan söyler miydi? Yoksa sadece başı sıkışan, yalan söylemek zorunda kalanlar mı başvururdu yalanlara? Neresiydi yalanın doğduğu yer? Onu dilin içinde ne doğururdu? Anası kimdi mesela? Yalanın tarihi nasıldı? Söylemek zorunda bırakılmak mıydı asıl sebebi? Kimdi yalanın suçlusu? Yine aranması gereken ilk yer, aile ve çocukluk muydu? Doruk'a yalanlar sıralarken, gerçek nedenlerimi "yorgunluk" kelimesinin içinde bir yerlerde gizleyip içimde bir can sıkıntısıyla camdan dışarıyı izledim. Hayat bir yerlerde benden bağımsız bambaşka boyutlarda akmaya, var olmaya devam ediyordu. Benim hayatımsa kendi içinde akıp duruyordu; hem benden habersiz hem de her şeyi bana haber vererek.

Can sıkıntısı dediğim şey, yalanlarımın bedeli gibiydi. Yalanlarımın bedelini, içimde bir yerlerde büyüyerek kalbimi kemiren can sıkıntısıyla ödüyordum. Düşüncelerin de bedeli vardı ve kendimi kötü hissediyordum. Sadece Doruk'a karşı değil, bazen de kendime karşı... Çünkü olmak istemediğim biriydim şu an. Ben böyle biri değildim ki. Yalan hiçbir zaman karakterimin bir parçası olmamıştı. Eğer yalan kullanılabilen bir araçsa ben onu hayatımda tutmamış, kullanmamıştım. Peki sahiden kimdim ben? Bunun cevabını öğrenebileceğim bir hayat yaşayabilecek miydim? Ya da... insan, kim olduğunu öğrenebilecek kadar uzun yaşayabilir miydi? İnsanın değişkenliği ve düşüncelerinin esnekliği olaydan olaya, insandan insana, kültürden kültüre, mekândan mekâna göre bile farklılaşırken, insan gerçekten "bir kimse" olabilir miydi? "Bir"i içinde barındırabilir miydi? Ben içimde kaç kişiydim sahi?

"Yemeğe gidelim. Baş başa. Çok acıktım," dedi Doruk.

Yalanlarıma çabuk kanacak biri değildi. Doruk'tan, karşısındakinin ondan bir şeyler gizlediğini hissettiği halde onu çok özel gördüğü için üstüne gitmek istemeyen birinin enerjisini alıyordum.

"Hem dertleşiriz de," diye ekledi.

Sanki içimden konuştuklarımı duymuş gibiydi. Dert, içinde göstermek istediğim gerçekler ile gizlemiş olduğum acı yalanlarımın beraberliğini barındıran bir kelime olmuştu artık. Yalanım sadece yalan değil, acıydı da. Dilimi değil, kalbimi yakan bir acı.

Mekâna girdiğimizde Doruk'un burayı nereden bulduğunu merak ettim. Gidilecek yerleri gerçekten iyi biliyordu. Belki çok gezmiş olduğundandı, belki de bu tarz şeyleri çok iyi takip ettiğindendi. Aslında şu an merak ettiğim son şey buydu ya, neyse...

"Şöyle alalım sizi Doruk Bey," dedi garson. Garsonların yanlarında kadın bulunan erkekler söz konusu olduğunda, kadınları hiçe sayarak onlara sadece geçiş önceliğini verdiklerini ve "sayma" önceliğini de erkeklerden yana kullandıklarını fark ediyordum. Bu saçmalığı bilip içimden kızarak ama bunu çaktırmayarak garsonun benim için çektiği sandalyeye oturdum. Kimbilir kadınlar daha ne çok şeyi fark ediyor ama onları engelleyemiyordu. Fark etmek engellemeye yeter miydi? Sessiz farkındalıklar yakıyordu insanın içini, belki bu yüzden vardı kitaplar, filmler, şarkılar hatta koca sanat tarihi. İnsanın içini yakan ne varsa, sanatla hafifliyor ve kendini ancak öyle dışarı çıkarabiliyordu.

Masamız beyaz şık bir örtüyle ve detaylarla doluydu. Mumların üzerinde durduğu aksesuarlar o kadar güzeldi ki... Doruk'un yüzü mumlardan yansıyan ışıkla aydınlanmıştı, ona baktığımda bir kez daha "iyi ki" dedim. "İyi ki," diyebildiği anları toplasa insan çıkan sonuç mutluluk eder miydi?

"Çok hoş gözüküyorsun," dedim.

"Teveccühünüz Derin Hanım, o sizin güzel gören kalbiniz," dedi gülümseyerek.

Küçükken sadece güzel kalpli olan insanların güzel yüzleri olabileceğine dair derin inancım birden tekrar ortaya çıktı ve içimden sessizce kendime güldüm. Maalesef bu düşüncemi yıkan çok insan olmuştu.

Muhtemelen Doruk'u daha önceden tanıyan işletmeci, "Tekrar hoş geldiniz Doruk Bey, nasıl gidiyor her şey?" diyerek masamızın başında durup muhabbete girdi. Benim de elimi sıkarak, "Sizler de hoş geldiniz," dedi. "Sizler de," derken zihnindeki saygınlık sıralamasında önce erkeğin geldiğini anladım; aynı düşüncede biri daha... Onların muhabbetini yüzümde tebessümle dinlemek zorunda kaldım. Aklımda olan tek şey, konuşmanın ne zaman biteceği ve adamın ne zaman gideceğiydi. Yaklaşık 4-5 dakika süren muhabbetten sonra Doruk, "Affedersin," diyerek tekrar bana doğru döndü. "Ne olacak, önemli değil," der gibi tebessümle ona baktım. Bu gece yüzüm benden daha çok konuşuyordu. Kararsızlık evresinden kurtulup yemeklerimizi seçtikten sonra Doruk tekrar garsonu çağırdı. Ne garip, masada erkekler olunca garsonu kadınlar çağırmazlardı; sanki erkeklere ayıp olacakmış gibi... Aslında ayıp olmazdı ama erkeğin gücü sarsılırdı, hele de çok kompleksli biriyse.

Garson siparişlerimizi alıp gittiğinde Doruk'a ellerimi uzattım. Tutmasını istemiştim ama o ellerimi alıp avuçlarımı öptü. "Seninle burada olmaktan öyle mutluyum ki... Uzun zamandır böyle bir gecenin hayalini kuruyordum," dedi.

Bir an Doruk olup hayata tekrar gelmek istedim. Belki o zaman bu ruh halimden, bu çocukluğumdan, bu yaşadıklarımdan, bu "dünyamdan" kurtulur, bir başkasının çocukluğuyla, onun ruh haliyle, onun dünyasıyla nefes alır, şu an karşımda duran Derin'i gönül rahatlığıyla izleyebilirdim... Acı, hayatıma geldiğinde ve onu konuşamadığımda hep böyle düşünürdüm. "Keşke" derdim kendi kendime; mesela kuş mu geçiyor önümden, keşke bir kuş olsam ve sadece uçmayı düşünsem. Bir yaşlı adam mı yürüyor önümde, keşke onun gibi olsam ve sadece çocuklarımı, torunlarımı düşünsem, onları beklesem. Bir şarkı mı çalıyor, keşke sadece melodi olsam ve sadece birinin kulaklarında var olsam. Mutlu bir aile mi yemek yiyor, keşke annesine gülümseyen o kız çocuğu olsam ve sadece ama sadece sevgiyi bilsem...

Doruk ellerimi öptükten hemen sonra, "Acaba nasıl görünüyorum senin gözünden?" diye sordum aniden.

"Çok güzel," dedi. "Her şeyinle."

"Sen de benim için öylesin," dedim.

Doruk sadece dudaklarıyla ve dişleriyle değil, gözleriyle bana kocaman gülümsedi.

Onu dinlerken başımı hafifçe sağa doğru eğerek onda bu algıyı yaratan şeyin ne olduğunu düşündüm. Çünkü her insan bir başkasını algılarken birçok yerden geçiyordu. Kimi bir acısını başkasında algılayıp o acının peşinden gidiyordu. Kimi bir kurtuluşu algılayıp o kurtuluşu sağlamak istiyordu. Kimiyse kendini görüyordu bir başkasında, kendini başkası üzerinden tekrar yaşatmak, sevmek, keşfetmek istiyordu. Kaderin yaşama biçimleriydi bunlar, hem bizden bağımsız hem de bize çok bağımlı...

Yemeklerimizi yedikten sonra Doruk'la şarap içmeye devam ettik. Ortamda hoş bir müzik çalarken, müzik sesinin Doruk'u duyabileceğim seviyede olmasına sevinmiştim. Müzik sesi çok yüksek olduğunda başkasını duyamamaktan nefret ediyordum.

"Biliyor musun? Şarap içilen yerde sırlar ortaya çıkarmış," dedim. "Böyle bir şey okumuştum. Ama nerede okuduğumu şu an hatırlamıyorum."

"Çıksın o zaman sırlar ortaya," dedi. "Hodri medyan Derin Hanım! Var mı bir sırrınız?"

Soruyu hafif bir tebessümle karşıladım, gerçekten gereksiz bir cümle kurduğumu fark etmiştim. Ortaya çıkarmak istediğim bir sırrım yoktu. Daha çok saklamak, gizlemek, yok saymak, unutmak istediğim bir sırrım vardı. En azından şimdilik!

"Bende ne sır olacak..." dedim.

"Başlıyorum o zaman sorularıma," dedi. "Sırları ortaya sen çıkarmazsan, sorularımla ben çıkarırım."

Doruk'u dinlerken şarabımdan bir yudum aldım. Tadı pembeyle sarının karışımı, akşamüstü güneşi gibi harikaydı.

"Sor bakalım," dedim ellerimi şarap bardağının üzerinde şöyle bir gezdirerek... Bunu yaparken bir yandan soracağı soruları merak edip diğer yandan verebileceğim cevapları düşünüyordum. Yüzündeki tebessümle hem ciddi hem de küçük bir çocuk gibi heyecanlıydı.

"Derin olmak nasıl bir duygu?" diye sordu.

Biraz düşündükten sonra, "Zor ve basit," diye karşılık verdim. Kaşlarını çattı sadece, onun da yüzü ondan önce konuşmuştu.

"Zorlaştıran etkenler olsa da basitleştiren biriyim," diye devam ettim. "Eğer basitleştirmezsem, bu hayatı yaşanılabilir kılamam."

Doruk cevabını beğenmişçesine eliyle çenesini tutup okşarken çoktan başka bir soru düşünmeye başlamış gibi görünüyordu. Ardından diğer sorusuna geçti.

"Son zamanlarda yaşadıklarımızdan sonra beni hiç bırakmayı düşündün mü?"

O sorunun ortalarına geldiğinde, cevabı düşünmeye başlamıştım bile. Ne de olsa cevaplaması zor bir soruydu. "Son zamanlarda," diye başladığında iyi bir cevap vermem gerektiğini anlamıştım. Hem doğru hem de yalan söylemek zorundaydım.

Bu zorunluluklarıma daha ne kadar devam edebileceğimi bilmeyerek, "Evet düşündüm," dedim. Bu doğruydu. "Ama sadece bir an. Sonra hemen geçti," diye ekledim. Bu da yalandı.

Doruk'u bırakmayı, o evde yaşadığım şeyden sonra bir daha benimle hiçbir irtibat kuramayacağı şekilde ondan kopmayı uzunca bir süre düşünmüştüm. Ama bunu ona söyleyemezdim. Çünkü yaşananlar beni buna ikna edebilecek kadar ağır olsa bile, o benim bu fikre bu kadar kolay teslim olabileceğimi düşünmemeliydi. Onu seviyordum. Terk etmeyi uzun uzun düşündüğümü bilmesi, onda yerleşik bir korku yaratabilirdi. Peki ona bir gün tüm gerçekleri anlatacak ve ondan kopmayacak mıydım?

Doruk cevabını alıp bu sefer bir yorum yapmamayı tercih etti.

Bakışları kadehine kilitlendi.

Benim şarabım bitmişti bile...

7

Doruk'la son içkilerimizi bitirmiş, saat 2'ye doğru arabaya geçmiştik. Yolumuz biraz uzun olduğundan, telefonumu Doruk'un arabasına bağlayıp bir şarkı açtım. Sanki daha fazla konuşmak istemiyor, müziğin benim yerime ortamı yumuşatmasını istiyor gibiydim. Aslında ortamda yumuşatılacak bir şey yoktu ama benim kendi gerginliklerim sanki hep rahatlatılmaya muhtaçtı. Şarkıyı* dinlerken Doruk elimi tuttu ve dudaklarına götürüp öptü. Bir saniyeliğine bile olsa, onun beni algıladığı kişi olmak için neler vermezdim. Onun gördüğü kişi olarak kalmayı ne çok isterdim. Oysa birçok şey değişmişti. Birçok değil, hemen hemen her şey. Ama o bundan habersizdi. Belki de bu yüzden ona hiçbir zaman hiçbir şey anlatmamak en doğrusu olabilirdi. Peki bu sırrı ne zamana kadar içimde tutabilirdim? Ailesini hiçbir zaman görmeyecek miydim? O kır saçlı, yeşil gözlü adamdan daha ne kadar kaçabilirdim?

---

* Sufjan Stevens'tan "Visions of Gideon".

Kırmızı ışıkta durduğumuzda Doruk, "Sana söylemiştim, değil mi? Bizimkiler yurtdışında," dedi. Cümlesi bittikten sonra vermem gereken cevabı düşündüm ama nasıl bir cevap vermem gerektiğini toparlayamadığımdan sadece gülümsemekle yetindim.

"Yani bize gidebiliriz bugün," dedi. "Benimle kalırsın."

Tekrar gülümserken dişlerim yine görünmemiş, ağzım yine hiç açılmamıştı. Şu an gitmek isteyeceğim son yer, Dorukların şehirdeki evleriydi. Hayır, kesinlikle Doruk'a gitmek istemiyordum. Yazlıktan sonra, bir de şehrin içindeki evlerine gitmek; oradaki ev hayatıyla, o evde yaşayan babasıyla, herhangi bir başka fotoğrafla ya da Doruk'un anlatacağı bir anıyla birlikte travmamla yeniden yüz yüze gelmek beni tekrar derinden sarsabilirdi. Buna şu an hazır olmadığımdan çok emindim. Peki hiç hazır olacak mıydım ki?

Cevabımı duyamayan Doruk, yeşile dönen ışıkla beraber hızlanan arabasını hiç umursamadan birden bana baktı.

"Bir şey dedim Derin," dedi.

Keşke ne dediğini bilebilseydi. İnsanlar fark etmeden birbirlerine önemsizmiş gibi görünen, ne kadar da önemli şeyler söylüyorlardı. Bazı kolay sorular aynı zamanda ne kadar da zor sorular olabiliyordu. Zor soruları biz mi yaratıyorduk onları hayat mı bize getiriyordu, yoksa cevaplarını bilmediğimiz için miydi çaresiz suskunluğumuz? Ne diyeceğimi bilmiyordum. Tek bildiğim bir şey söylemem gerektiğiydi.

"Bu gece olmaz," dedim. "Yarın sabah yapmam gereken şeyler var, senden işe gitmem daha zor olur."

"Neden?"

"Üstüm başım sigara koktu. Duş almam, temiz kıyafetlerimle işe gitmem lazım. Eve sabah uğrarsam gecikirim. Başka zaman kalırım," dedim.

"Sen şaka mı yapıyorsun Derin?" dedi sinirle. Araba yavaşladığında arabayı kenara çekip benimle uzun uzun kavga edecekmiş gibi hissettim. Tedirgindim. Sanırım bahanem ona yetersiz gelmişti.

"Neden bu kadar sinirlendin?" diye sordum.

Benim sinirlendiğim şeyleri bilseydi, bu kadar sinirlenmeye hakkı ya da haddi olur muydu? İçimden Doruk'a istemsizce babası yüzünden kızgın olduğumu fark ettim. Oysa onun suçu yoktu. O sadece babasının pisliğini temizlemek istercesine, tertemiz hislerle, babasının tecavüz ettiği kadını seviyordu. Ne değişik bir kaderdi bu. Doruk'un kaderine ben nasıl yazılmıştım? O nasıl bir sorumluluğu, aşkı üstlenmişti böyle? Bu nasıl bir aşktı? Onun beni bulup sevmiş olduğuna hâlâ inanamıyordum. Saçma sapan anlarda saçma sapan şeyleri düşünmekten yorulmuştum.

"Sinirlendim çünkü sevdiğim kadınla evimde vakit geçirmek istemek benim hakkım," dedi.

Elini elimden çekti. "Neyse sen bilirsin, evine bırakıyorum o zaman," dedikten sonra arabayı biraz daha hızlı sürdü. Arabanın hızı içimdeki gerginliğin hızıyla yarışacak gibiydi.

"Ne olur böyle yapma," diyerek ona doğru sokuldum ve boynundan öptüm. "Daha çok zamanımız olacak. Bana anlayış göster," dedim. Doruk hiç yumuşamayacak gibiydi. Yavaşça dudaklarına doğru eğildim ve ufak bir öpücük daha kondurdum. "Lütfen dedim ama..."

İçimden, deliler gibi sevdiğim adamın yanına gitmek ve onunla olmak geliyordu, ancak acılarım ve korkularım beni evime dönmeye zorluyordu. İnsanı bazen başka yerlere ayakları değil, daha çok acıları, korkuları, huzursuzlukları, bazen de aşkları, hevesleri, merakları götürürdü. Keşke Dorukların evine gidebilecek cesaretim olsaydı ve beni şu an onlara götürebilseydi. Ama yoktu. Daha her şey çok yeniydi, çok tazeydi. Hatta ben bu acının karşısında çok yeniydim. Doruk bana kızmaya devam etse de artık dayanamayıp kendi koltuğuma çekildim. Derin düşüncelerimle beraber camdan dışarıyı seyretmeye başladım. Gözlerimden yaşlar aktı. Doruk gecenin karanlığında beni görmüyordu, gözyaşlarımın rahatlıkla akmalarına izin verdim. Bu aralar yalan söylemeyen tek şey gözyaşlarımdı.

Evimin önüne geldiğimizde Doruk biraz daha yumuşamış gibiydi. Onu dudaklarından öperken kapıyı açtım ve böylece birden tavan ışığı yandı. O ışıkta ben Doruk'un sanki yetenekli bir ressamın elinden çıkmış gibi duran yüzüne bakarken, bana, "Bazen beni sevmiyormuşsun gibi hissediyorum," dedi.

"Seni sevdiğim için babanı ve acılarımı karşıma alıyorum," diyemediğimden, "Kalbime girebilseydin hiç böyle düşünmezdin, emin ol," diyerek içini biraz olsun rahatlatmaya çalıştım.

Gülümsedi.

"Dünya kötü bir yer ama sen benim için iyi bir yersin Derin," dedi.

Onu yeniden öperken, acılarımı iyileştirebilecek tek şeyin Doruk'un sevgisi olduğuna bir kez daha karar vermiştim. Doruk'u öperken kollarına dokundum, o da benim boynuma dokunuyordu. Sanırım dokunmak karşındakinin çocukluğuna, acılarına, umutsuzluklarına, hüzünlerine dokunabildiğin zaman gerçekten "dokunmaktı" ve öpmek, karşındakinin acılarını öpebildiğin zaman gerçekten "öpmekti".

Peki Doruk öptüğü acıyla hiç yüz yüze gelebilecek miydi?

8

Doruk'la çıktığımız yemeğin ertesi günü ofise gittiğimde üzerimde bir ağırlık vardı. Havanın kasveti de beni etkilemiş olabilirdi. Havanın sürekli yağışlı ya da kapalı olduğu iklimlerde yaşayan insanların psikolojileri nasıl oluyordu acaba? Bununla alakalı, intihara daha meyilli olduklarına dair makaleler okumuştum. İstanbul'da hava her gün bugünkü gibi kapalı olsa sanırım benim için de daha zor olurdu diye düşündüm. İstanbul'un bazen acıya meyilli bulutlu görüntüsü, bazen güneşli ve deliliğe açık mutlu hali, bu şehirde yaşayanların ortak özelliğiydi aslında. Çünkü İstanbul acıyı da sevinci de bir arada yaşayan çalkantılı bir şehirdi. Ruhunda hep olaylar, sarsıntılar, fırtınalar vardı. Çeşit çeşit insanı barındıran, çeşit çeşit ruh hali... Her geçen gün İstanbul'un daha da karmaşıklaştığını bilmek, beni bu şehirden hem soğutuyor hem de bu şehre bağımlı kılıyordu. Hayat bu kadar karışıkken, İstanbul'un da bundan nasibini almasını anlıyordum. Tanıdık acılardan kopamadığı için geçmişindeki acılara geri dönen insanlar gibi, çocukluğumun ve gençliğimin geçtiği bu şehirden de asla kopamıyordum. Acaba bir gün kopup gider miydim buradan, tüm bu acılarımdan?

Kapının eşiğinde beliren Öykü'nün, "Ayşe Hanım geldiler, içeri alalım mı?" diyen sesini duyunca kafamdaki tüm düşünceler bir anda dağıldı.

"Tabii, alabilirsin," diyerek ben de yerimden yavaşça doğrulup kalktım. Ayşe'nin doldurduğu forma zaten önceden göz atmıştım. Ayşe 30'lu yaşlarındaydı. "Girebilirim değil mi?" diye sorarken çekingen bir ruh hali vardı. "Tabii, buyurun," diyerek selamlayıp oturacağı yeri gösterirken, o da yanındaki kocaman çantasını koltuğa yerleştirdi. Ayşe gözleriyle beni takip ederken, ben de doldurduğu forma bir kez daha göz atıyordum. Sanki ben konuşmadan konuşmaya başlamayacak gibiydi. Benim söze girmemi bekliyor, beklerken cezalı küçük bir çocuk gibi yere bakıyordu. İnsan kaç yaşında olursa olsun, ruhu hangi yaşına aitse aslında o yaşta oluyordu. 30'lu yaşlarda olup 10 yaşındaki acısına takılmış biri aslında 30'unda değil, hâlâ 10'undaydı...

"Nasılsınız?" diye sorarak Ayşe ile yapacağımız seansa giriş yaptım. Belli ki başka türlüsü olmayacaktı.

"Pek iyi değilim Derin Hanım," dedi.

Cümlenin devamını bekler gibi baktım. Hissetmiş olacak ki hızlı hızlı konuşmaya başladı.

"Öncelikle kendimi tanıtayım size. 34 yaşındayım Derin Hanım. Bir bankada çalışıyorum. İstanbul'da yaşıyorum ama aslen Doğuluyuz biz. Bakmayın benim böyle modern olduğuma. Yani aşırı aşiret kuralları yoktur bizde ama muhafazakâr bir ailem var. Anlayacaksınız zaten beni, belki de benden daha iyi anlayacaksınız..."

Ayşe'nin onu anlayacağıma dair inancı bana kendimi iyi hissettirmişti. Aslında bana güvenmesi, konuşacağımız sorunlarını çözebilmemiz açısından en önemli adımdı. Maskulen bir duruşu olduğundan, hayattaki rol modelinin kim olduğunu merak ediyordum. Çünkü maskulen veya feminen duruş, aynı zamanda hayatı bir yorumlama biçimiydi. Bazen kadınlardaki maskulenliğin, toplumda erkeklerin rolleri çok yüceltildiği için o erkeklerin sahip olduğu "güce" imrenme olduğunu, kadınların bazılarının bu yüzden maskulenliği tercih ettiğini okumuştum. Anlatacaklarını gerçekten merak ediyordum.

"Ben 5 senedir evliyim. Çok sevdiğim bir adamla evlendim. Hatta ilk sevdiğim adamla evlendim diyebilirim. İyi mi ettim, kötü mü bilmem ama... Hani derler ya ilk sevdiğinle evleneceksin diye! İşte öyle oldu."

Sustu birden, karışıktı kafası sanki. Devam etmesi için bekledim.

"Orhan bir arkadaşımın arkadaşıydı. Onunla bir akşam, arkadaş ortamında tanıştık ve iki seneye yakın sevgililik yaşadıktan sonra beş sene önce evlendik. Yani beraberliğimiz başlayalı yedi sene olmuş. Dile kolay... Ama ben çok, çok yanlış bir şey yaptım Derin Hanım ve affedilmeye ihtiyacım var."

Son sözünü söyledikten sonra ağlamaya başladı. Bir süre sakinleşmesini beklemem iyi olacaktı, çünkü muhtemelen Ayşe'nin bugün buraya yanında getirdiği çok fazla acısı vardı. Çantasına koyarmış gibi acılarını da yanında getirmiş, çantasını açık bırakır gibi acılarını da serbest bırakmıştı şimdi. Pişmanlık da vardı o çantada.

"Hepimiz yanlış şeyler yaparız Ayşe Hanım, hangimizin yanlışları yoktur ki..." diyerek onu yüreklendirmeye çalıştım. Ayşe'nin ne yaptığını merak ediyordum. İnsanlar yaptıkları yanlıştan pişman olduklarında bile hâlâ yanlış yapmış sayılırlar mıydı? Yoksa yaptıkları yanlışlıklar için duydukları pişmanlık o yanlışları hafifletir, onlara günahlarının kefaretini ödemiş gibi hissettirir miydi?

"Orhan'ı aldattım... Hem de patronumla," dedi.

Bunu söylerken yüzünün ifadesinden Ayşe'nin ne kadar pişman olduğunu anlıyordum. Muhtemelen çok ağır bir pişmanlık kuyusundaydı. Ne kötü bir yerdi o pişmanlık kuyusu. İnsan bir kere oraya düşünce oradan hiç çıkamaz zannederdi kendini. Halbuki tek ihtiyacı olan, kendisinin oraya düştüğünü görebilen bir göz ve kendisini oradan çıkarmak için uzanacak bir eldi.

"Anlıyorum. Peki eşinizi ne zaman aldattınız?" diye sordum.

"Bir ay oldu... Kendim çözerim zannettim. İçinden çıkarım zannettim. Ama işin içinden çıkamıyorum, bu yüzden buradayım," diye cevap verdi.

Beni düştüğü pişmanlık kuyusundan çıkaracak bir el olarak görmesi çok güzeldi. Zaten bu yüzden vardım. İnsan insana hep muhtaçtı. İyi olacaksa eğer iyi ki de muhtaçtı...

Yumuşak bir ses tonuyla, "Eşinizi aldatma sebebinizin ne olduğunu düşünüyorsunuz?" diye bir soru daha sordum.

Aldatmanın da bir nedeni vardı. Her insan için aldatmanın nedeni başkaydı. Ayşe'nin kocasını neden aldattığını bilmesi, bunu söyleyebilmesi kendisini tanıması açısından en büyük hakkıydı. Aynı şekilde aldatılmanın da nedenleri vardı. O da farklıydı. Ben bugün Ayşe'nin aldatma nedenini irdeleyecektim.

"Bilmiyorum... Neden yaptım bilmiyorum," dedi.

Bu normaldi. Çünkü nedenini bilseydi, belki de yapmazdı. Nedenini beraber öğrenecektik. Daha doğrusu o kendi nedenini bulacaktı. Bilgi henüz yüzeye çıkmamış, derinlerde gezinen bir balık gibiydi. Oltayı oraya atıp o balığı Ayşe'nin yakalamasını sağlamalıydım.

"Bankanın bir kutlama gecesi vardı, Kalamış'ta bir yalıda yapılmıştı. Orada bankamızın en üst düzeydeki görevlisi Hulusi Bey de vardı. O geceye yanımda Orhan olmadan katılmıştım çünkü gelmek istememişti. 'Sen tek git,' demişti. Bu tavrıyla bana kendimi çok kötü hissettirmişti... Ama çok üstünde durmamıştım."

Orhan'ın karısını böyle bir geceye neden yalnız gönderdiği aklımda soru işareti olarak kalsa da Ayşe'yi sözünü kesmeden dinlemeye devam ettim.

"Bu arada Hulusi Bey, benimle bankada farklı bir şekilde ilgilenirdi. Ben bu ilgiyi hiçbir zaman üzerime alınmaz ama bir yandan bundan hoşlanırdım... sadece kendime itiraf edemezdim."

Ayşe son cümlesinden sonra kafasını çevirip camdan dışarıya, uzaklara doğru baktı. Nedense bana değil de dışarıya bakmayı seçmişti. Kendimize itiraf etmediklerimiz, kendi gerçekliklerimiz miydi?

Ayşe, Orhan'ın ilgisizliğine karşın Hulusi'nin ilgisinden bahsederken, aslında aynı zamanda "kendimi tekrar iyi hissettim," demeye çalışıyor gibiydi. Yüzünü tekrar bana döndü, gözleri dolu dolu anlatmaya kaldığı yerden devam etti.

"İlk başlarda üçlü dörtlü gruplar halinde takılsak da gecenin ilerleyen saatlerinde herkes dağılınca biz nedense yalının balkonunda Hulusi Bey'le baş başa kaldık."

"Nedense" diye bir şey yoktu hayatta. Her şeyi bir nedenden ötürü yapıyorduk. Sadece bunu bilmiyorduk. Deşmiyorduk. Düşünmüyorduk. Hulusi ve Ayşe aslında baş başa kalmamış, muhtemelen baş başa kalmayı beklemişlerdi. Uygun yer ve uygun zamanda bu isteklerini fırsata çevirmişlerdi.

"Sonra konuşmaya devam ettik. Benimle çok güzel ilgileniyordu. Tüm ilgisi gece boyunca benim üzerimdeydi. Uzun zamandır aradığım şeyi bulmuş gibiydim. Bu duyguyu çok özlemiştim... Saat iyice geç olduğunda, artık bana imalarda bulunmaya başladı. 'Bu yalının odalarında hiç kaldın mı? Kalmadıysan, hiç odalarını gezdin mi? Görmelisin, çok güzeldir,' gibi cümleler kurdu. Ben de nedense o gün Hulusi'den çok etkilendim ve ona yalının odalarını gezmek istediğimi söyledim. Orhan'a da gecenin uzadığını, kuzenim Seda'da kalacağımı söyledim. Hulusi'yle olanı anlamışsınızdır. Gerisini nasıl anlatayım ki odaları gezerken olan oldu işte," dedi.

Bunları söylerken artık ağlamıyor, benim yorumumu merak ediyormuş gibi sadece yüzüme bakıyordu.

"Orhan Bey nasıl biri?" diyerek muhtemelen beklemediği bir soru sordum.

"Orhan iyidir... kendi halinde, tekdüze biridir. Beni çok sever," diye cevapladı.

Orhan'ın nasıl biri olduğu sorusuna verdiği yanıtı, "Beni çok sever," olan Ayşe'nin, aslında hayatındaki kişileri kendisine karşı ne hissettikleri üzerinden tanımlamayı öğrenmiş olduğunu düşündüm. Peki Orhan'ın sevgisi Ayşe'ye yetmiyor muydu? Yoksa Ayşe sevgi dışında başka bir şey mi arıyordu? İnsan her zaman sevgiye muhtaç olsa da bazen sevgi adı altında bambaşka duygular arardı. Sevgi derdi aradığına ama bu bazen başkasının hissettiği bir duyguyu tatmak için bir role bürünmek olurdu, bazen de sırf bazı duyguların kendisini nasıl hissettireceğini bilmek için bir istek. Bazen de acısına dönmek için sevgiyi kullanırdı insan...

"Son zamanlarda biraz umursamaz ama. Pek umurumda değil nedense... bundan çok rahatsız olmuyorum," diyerek konuşmasına devam etti.

Ben de onu dinlemeye devam ettim.

"Mesela son zamanlarda birlikte hiç dışarı çıkmıyoruz. Çok fazla cinsellik yaşamıyoruz. O daha çok kendi halinde, ben daha çok kendi halimdeyim..."

Acaba gerçekten Orhan kendi halinde miydi? Yoksa Ayşe kendi haline Hulusi ile devam ettiğinden Orhan'ı buna mecbur mu bırakmıştı? Öğrenme hevesiyle, diğer soruma geçtim... Bu kez sorum, altında asıl cevapların yattığı geçmişe dairdi.

"Peki anne babanızla aranız nasıl? Küçükken nasıldı?"

"Ne siz sorun ne ben söyleyeyim Derin Hanım... Benim annem çok zavallı bir kadındı. Babam ne derse yapardı. Otur derdi otururdu. Kalk derdi kalkardı. Şuraya git derdi giderdi. Bunu giyme derdi giymezdi. Anneme içten içe hep kızdım. Ama onun böyle oluşu beni erkeklere karşı yüreklendirdi! Annem olmayı değil, annem olmamayı öğrendim!"

Belli ki Ayşe annesine kızgındı. Boynu bükük kadınları sevmiyordu Ayşe. Acaba babası nasıldı?

"Ya babanız?" diye sordum.

"Babam çok hovardaydı. Kaç kez aldattı annemi bilmiyorum. Yani gözü dışarıdaydı. Ama özgüvenliydi de. Bu yüzden annemi değil, babamı örnek aldım ben. Annem hep daha ezik geldi bana. Ama babam öyle mi? Her zaman dimdik durdu. Aldatsa bile o kadın orada dururdu, bunu biliyordu. Davranışını savunduğumu sanmayın, sadece olanı söylüyorum..."

Ayşe'nin babasını içten içe rol model olarak alması, aslında onu ilişkilerinde babası yapmıştı. Kadınlar da babaları gibi olabilirdi. Zaten Ayşe'nin eril bir enerjisi vardı. Feminen değil, maskulen kadınlardandı. Muhtemelen babasını içselleştirmesinin yansımasıydı bunun sebebi. Babasının zamanında annesine yaptıkları karşısında babasının nasıl hissettiğine dair duygularını anlamak istemesi ve beraberinde son zamanlarda Orhan'ın ilgisizliği onu Hulusi'ye itmişti. Hem babasını anlamak, yani "aldatma" hissinin ne olduğunu bilmek istiyordu hem de babasına rağmen Orhan'ı anlamaya çalışmak için buraya gelmişti sanki. Annesi aldatılırken Ayşe ona hiç sarılabilmiş miydi acaba? Annesi o zamanlarda ne yapmıştı?

"Siz anneniz aldatılırken ne yapıyordunuz, onunla iletişiminiz nasıldı?" diye sordum bu kez. Aslında haberi olmadan ona en mühim soruyu sormuştum.

"Annem aldatma olaylarında yatağına sarılırdı hep. Kendini odasına kapar, kimseleri yanına almaz, ağlardı. Üç kardeştik, hiçbirimizi görmeyi istemezdi. Asla aldatıldığını açık açık söylemezdi. Sanki biz yaşadığı acıların da sebebiydik... ben hep böyle hissederdim."

Annesinin, aldatılmasının sorumluluğunu çocuklarına yüklemesi ve buna onlar sebep olmuş gibi hissettirmesi,

Ayşe'nin psikolojisinde bu aldatmayı içselleştirmesine yol açmış olabilirdi. Ben suçluyum, ilişkilerimde de suçlu olan taraf olacağım. Ayşe'yi yavaş yavaş çözüyordum. Sanki bulanık su gitgide berraklaşıyordu.

"Peki Orhan'ın aldatıldığından haberi var mı?"

"Hayır, yok ama ben hissettiğini düşünüyorum."

"Aranız nasıl peki?"

"Uzak duruyorum. Aslında ona yakınlaşmak, sarılmak, onu öpmek istiyorum ama nedense yapamıyorum..."

Ayşe, Orhan'ı aldatarak annesine olan öfkesini ondan çıkarıyor ve sonra muhtemelen babasının bir türlü duymadığı pişmanlık hissiyle ona yaklaşma ihtiyacı duyuyordu. Bu hisler arasında çok bocalıyor olmalıydı.

"Ayşe Hanım acaba babanızı anlama çabanız aldatmanızın sebebi olabilir mi?"

"Nasıl yani?"

"Zamanında babanızın annenizi aldatması ve sizin bu aldatmayı kendi suçunuzmuş gibi algılamanız... daha sonrasında, eşinizi aldatarak kendinizi babanızın duygularının yerine koymanız... şimdi de Orhan Bey'e kendinizi affettirmek isterken ona yaklaşamamanız. Acaba Orhan Bey'e yaklaşamamanız, annenize sarılmadığınız için olabilir mi? Hatta Orhan Bey'e yakınlaşma ihtiyacınız, zamanında annenizle kuramadığınız yakınlaşmanın bir iyileştirmesi olabilir mi?"

Ayşe gözleri dola dola dinledi beni. Ona geçmişindeki acıları hatırlatmıştım, o da tanıdık acısına ve küçüklüğüne geri dönmüştü. Aslında o yarayı iyileştirmek için aldatmıştı Orhan'ı. Babasının karşısındaki annesini iyileştirmek içindi tüm çabası... Bunu anlayabilirse bir daha ne aldatmaya ihtiyaç duyacaktı ne de kendisini suçlamaya.

Ayşe beni dikkatle dinlerken konuşmaya devam ettim.

"Bilmelisiniz ki babanızın annenizi aldatması sizin suçunuz ya da sorumluluğunuz değildi. Çocuklar evde bir sorun yaşandığında hep kendilerini suçlayıp sorumlu hissederler ama emin olun bu konuda sizin bir suçunuz yoktu. Orhan Bey'e sarılabilirsiniz, bugün eve gittiğinizde ona rahat rahat, sıkı sıkı sarılın..."

Ayşe sözlerimi gözlerinde yaşlarla dinlemişti. Dediklerimi anladığını görüyordum çünkü beni dinlerken, anlattıklarımı nasıl uygulayacağını da düşünüyor gibi gözlerime bakıyordu.

"Hayat bu kadar derin mi gerçekten Derin Hanım?" diye sordu.

"Evet, bu kadar derin..." dedim. "Sizin kadar derine inebilenler için, hayat çok daha kolay olacak," diye ekledim.

"Teşekkür ederim, söylediklerinizin üzerinde düşüneceğim," diyerek odamdan çıktı. Ayşe'nin geldiği haliyle gittiği hali aynı olmadığı için mutluydum. Ayşe gittikten sonra odamın penceresinden bakarken, aldatmanın ne kadar girift bir konu olduğunu ve aldatanın hikâyesi dinlendiğinde onunla bile bazı noktalarda empati kurulabileceğini düşündüm. Eğer ortada bir suçlu varsa, bu gerçekte kimdi? Ya da daha doğrusu, her zaman her olayda kesin bir suçlu ve kesin bir kurban var mıydı? Sanki herkes sadece çözülmek, sadece iyileştirilmek istiyor gibiydi.

9

Çıkmadan evvel ofisteki odamda toparlanıyordum, masamın üstünde kalmış notlarımı ve telefonumu tam çantama atıyordum ki tanımadığım bir numaranın beni aradığını gördüm. Tanımaya çalışarak numarayı okurken kazara telefonu açtım ve aynı anda ofisin kapısını da açmış bulundum.

"Merhabalar, Derin'le mi görüşüyorum acaba?"

Bir kadındı arayan ve sesi bana yaşıyla ilgili bilgi veriyordu. Orta yaşlı bir kadın olmalıydı, kibar bir ses tonuyla konuşuyordu.

"Buyurun, benim," dedim, bu esnada ofisin merdivenlerinden aşağıya doğru yürümeye başlamıştım.

"Ben Aysel, nasılsın?"

"İyiyim teşekkür ederim Aysel Hanım ama sizi çıkaramadım," diye cevap verdim. Cümlemi bitirirken, sonunda nokta olsa bile görünmez bir soru işareti de vardı. Onun o soru işaretini anlayacağını sanarak telefonun ucunda sessizce bekledim. Yoksa eski bir danışanım mıydı? Hayır, sanmıyordum.

"Tabii, çıkaramaman çok normal... Önce kendimi tanıtarak başlamam gerekirdi."

Tane tane konuşuyordu kadın, kelimeleri anlaşılırdı, tertemiz duyuluyordu.

"Oysa Doruk'un bahsetmiş olması gerekirdi," diye ekledi.

Hattın öbür ucundaki sesten "Doruk" kelimesi gayet net gelirken, benim sesim ofisin bulunduğu apartmanın bodrum katındaki odasına saklanmış gibiydi. Dilimi bir odaya kilitlemişlerdi sanki. Kadın durumumu fark etmiş gibi cevabımı beklemeden konuşmaya devam etti.

"Artık tanışmamız gerektiğini düşünüyorum. Ben Aysel Yücedağ. Doruk'un annesiyim."

Beni neden aramıştı? Doruk ona benden ne zaman bahsetmişti? Neden bahsetmişti? Zorunda mıydı? Şu an bu sorular çok yersizdi ama hepsi bir saniye gibi kısa sürede kafamın içine doluşmuşlardı işte. Onları aklımdan kovarken yutkundum ve hemen kendimi topladım.

"Ah... Kusura bakmayın. Çok memnun oldum Aysel Hanım..." dedim.

Heyecanımı anlamış bir hali vardı. "Önemli değil... Akşam müsait misin? Seninle kız kıza görüşmeyi çok isterim."

Son cümlesiyle bir anda ses tonu cana yakın bir hale gelmişti. Konuşma esnasında insanların sesleri de mevsimlerden geçer gibiydi. Aysel Hanım'ınki de değişmiş, yaz olmasa bile en azından sesine bahar gelmişti. Ses tonu, buluşmamızda sıkıntı çıkmayacağının garantisini verir gibi tınlıyordu kulağımda. Acaba aramızda doğacak yakınlığı, cümlelerden çok karşımızdakinin bizimle konuşurken seçtiği sesin mevsimi mi belirlerdi?

"Evet müsaidim. Tabii olur, nerede görüşelim istersiniz?" diyerek ben de Aysel Hanım'a güneşli bir tonda cevap verdim.

"Ben seni alırım," dedi. "Saat 19:30 uygun olur mu? Adresini de bana mesajla atarsan..."

"Almanıza gerek yok Aysel Hanım, ben gelirdim."

"Bazen İstanbul trafiği iki kişinin birbirini tanıması için gayet güzel bir imkân yaratabiliyor! Arabada da laflarız," dedi.

Aysel Hanım'ın neden benimle tanışmak istediği sorusu aklımdan çıkmazken, takındığı tavır ve sesindeki sıcaklık hoşuma gitmişti.

"Peki, siz bilirsiniz. Ben o saatlerde bir görüşme için arkadaşımın evinde olacağım. O zaman size zahmet olmazsa oranın adresini gönderirim, akşam görüşmek üzere," dedim.

"Görüşürüz," diyerek telefonu kapattı.

Eve gitmek üzere arabama bindiğimde, kafamda iki soru vardı:

Birincisi, Doruk, benim hakkımda ne anlatmıştı?

İkincisi, Aysel Hanım beni Doruk'tan dolayı mı biliyordu, yoksa yıllardır benden haberi var mıydı?

10

Aysel Hanım nasıl biriydi acaba? Doruk'a benziyor muydu? Ya da Yiğit'e? Ya da... Doruk'un babasında ne bulmuştu da sevmişti onu? Nerede büyümüştü? Doruk'u nasıl büyüttüğünü düşünüyordu? Çünkü çoğu anne baba, "Bizim de yanlışlarımız olmuştur tabii ama," diye başlayan cümleye sığınırdı. Kendilerince bu cümleyle dünyadan ve çocuklarından, en çok da kendilerinden af dileyerek! Peki gerçekten eşini benim onu tanıdığım gibi tanıyor muydu? Herkes herkeste aynı kişiliği göremiyorsa, insan her zaman çoklu kişiliğe sahip bir varlık mıydı? Bugün benimle buluşurken, kocasının geçmişindeki en büyük günahıyla da buluştuğunun farkında mıydı? Hayat ne kadar garipti. Bazen sen karşındaki insana, "oğlumun sevgilisi," diye bakardın ama o kişi aslında "eşinin tecavüz ettiği küçük kız çocuğu" olurdu. Bilmezdin, bilemezdin... Bilsen de inanamazdın, duysan belki geçiştirirdin. Bu yüzden hayattaki en büyük gerçekler, ya yalan denilerek öldürülürler ya da hiçbir zaman dile getirilip konuşulmazlardı. Dünyanın en büyük gerçekleri de belki sırf bu sebeple hâlâ bilinemiyordu, bilinse de söylenmiyordu. Tarihin muamma oluşu gibi, insanların hayatları da muammaydı.

Peki ben yaşayan bir gerçeksem, acaba bir yalana mı dönüşecektim yoksa benim gerçeğimi de benim dışımda birileri bilecek miydi? Hayat benden ne yapmamı istiyordu? Yoksa... bu insanları hayatıma çağırarak ben kendimden ne yapmamı istiyordum? Bazı insanlar hayat sahnesinin bir oyuncusuydu, bazıları da o oyunun yönetmeni. Ben psikoloji okuyarak, insan beynini inceleyerek ve yöneterek hayatımın yönetmeni olduğumu düşünüyordum. Değil miydim? Peki bu oyuncu gibi görünen Derin'den ne istiyordum? Aynı anda hem oyuncu hem de yönetmen olunabilir miydi bu hayatta? Sanki oyuncu ilk defa yönetmene bakıyordu, yönetmen de oyuncuya... "Kestik," diyerek durduramıyordum da akışı, sürekli sahnedeydim.

Aysel Hanım arayıp, "Ben geldim, müsait olduğunda inebilirsin," dediğinde Lidya ile işimiz bitmiş, bu hafta yapacağımız toplantının tüm detaylarını konuşmuştuk.

Apartmandan çıkmadan boy aynasında kendime baktım, gerçekten hoş görünüyordum. Annesiyle buluşacağımı Doruk'a haber verdiğimde, "Bana hiç söylemedi! Geçenlerde bahsetmiştim senden... Ama böyle bir yemekten haberim yoktu," demişti. Annesinin planında gizli bir şeyler olduğunu düşünüyordum. Nedense ondan korkmuyordum. Zaten korkması gereken biri varsa, bu benden başka herkesti. Özellikle de o ailedeki herkes.

Kapıdan çıkarken üzerimde hafif bir gerginlik ama büyük bir cesaret vardı. Bir an ilk karşılaşmaları düşündüm. Üzerimize sadece kıyafetlerimizi mi giyerdik, yoksa duygularımızı da kıyafetler gibi üzerimizde taşıyıp başkalarının onayını mı beklerdik? Ben, duyguların da kıyafetler gibi görülebilir olduklarından emindim.

Aysel Hanım'ın arabası simsiyah bir cipti. Arka camları film kaplı olduğundan içeriyi göremedim ama önde takım elbiseli bir şoför olduğunu fark ettim. Yavaşça arka kapıyı açmak için dokunduğumda kendiliğinden açıldığını fark ettim. Kapısı dokunmatik şekilde açılan bir arabaya ilk kez biniyordum.

"Merhabalar," diyerek arabanın siyah, deri ve soğuk arka koltuğuna otururken sesimin nasıl çıktığını kendi kulağımdan değil, Aysel Hanım'ın kulağından duymayı istedim. Bu bana yakışmayan bir istekti ama başkasının gözünden kendinizi görme isteğini engellemek bazı durumlarda çok güç olabiliyordu. Aysel Hanım beni yüzünde tebessümle karşıladı. Üzerindeki gri tonlarındaki elbiseyle çok şık görünüyordu. Saati üzerindeki elbiseyle uyumluydu, takılarını görmemek içinse insanın kör olması gerekirdi. Takılarına bakarken, takı takma geleneğinin insanın var olduğu ilk günden bu yana bir sosyal statü göstergesi olarak ve diğer insanlardan üstün gözükmek adına devam ettiğini hatırladım. Takı, bir varoluşsal unsurdu ve sınıfsal farklılığın kanıtıydı. Aslında acımasızdı da... Aysel Hanım'ın kolundaki değerli parlak mücevherler bu acımasızlığı pırıltılarıyla söndürmeye çalışıyor gibiydi. İnsanlık tarihini okudukça böyle şeyler bana diğer insanlara geldiği kadar anlamlı ve değerli gelmiyordu.

"Merhaba, hoş geldin canım," derken bir eliyle ön koltuğu tutuyordu.

"Nasılsınız?" dedim yumuşak bir ses tonuyla, aslında sesimi yutmaktan korkarcasına.

"İyiyim, sen nasılsın Derinciğim?" dedi. İsimlere eklenen -cığım/-ciğim ekleri, benim için her zaman bir aşağılama, küçük görme belirtisiydi. Bu önyargımı zamanında bir yerlere gömmem, yaşatmamam gerekiyordu. Neden böyle düşündüğümü hâlâ bilmiyordum.

"İyiyim ben de," deyip üstümü düzeltir gibi yaptım. Oturduğum koltuğu tanımaya çalışırcasına iyice yerime yerleştim.

"Şimdi Nişantaşı'na doğru devam edelim lütfen, Nişantaşı'ndaki İtalyan Restoranı'na," dedikten sonra gözlerini şoförün üzerinden yavaşça çekip bana doğru döndü. "Umarım İtalyan yemeklerini seviyorsundur."

Acaba sevmiyorum demek mümkün müydü? Yaş ne garip şeydi. Senden, sana sorulacak sorunun cevabını bile alıyordu. Yani tercih etme şansını, söz söyleme hakkını senden götürüyordu. Yaş statüydü, güçtü, üstünlüktü. Tabii sadece bu üstünlüğü, gücü ve statüyü onaylayanların gözünde böyleydi. Benim gözümde yaş sadece yaştı. Bir üstünlük, statü veya güç unsuru değildi. Çünkü yaş aslında sembolik bir şeydi; bir bilgelik, bir saygı veya üstünlük ölçütü değildi. Ama yine de bu toplumda ve bu düşüncede yaşayan insanların arasında var olduğumdan ötürü, buna uymak zorundaydım. Yoksa dışlanmaya ya da bu arabadan inmeye mecbur kalırdım. Şimdilik, bu kadar da cesur olmaya gerek yoktu. Bazen bazı şeyler sanırım sadece düşüncemde var olabiliyorlardı. Neyse ki düşüncede bile olsa onları içimde yaşatmayı seviyordum. Yarattığım kendi ütopyamda...

"Tabii ki. Hiç fark etmez bana," dedim ve sonrasında saçlarımı düzeltirken, birden heyecandan ne yapacağımı bilemediğimden arabanın camını açtım.

"Ne kadar gençmişsin yahu!" dedi. Sesi sıcaktı. "Yanında çok yaşlı kalıyorum."

"Estağfurullah Aysel Hanım," dedim. "Siz de çok iyi görünüyorsunuz."

Aysel Hanım gerçekten iyi görünüyordu. Güzel miydi bilmiyorum, daha çok şu zengin güzellerdendi. Bu dünyada "zengin güzel" diye bir şey vardı. Paranın güzellik ölçütlerini satın alabildiği bu düzende zenginler güzelliği de parayla satın alabiliyorlardı. Botoks yaptırırlardı. Dolgu yaptırırlardı. Yanaklarını yaptırırlardı. Elmacıkkemiklerini yaptırırlardı. Kaşlarını yaptırırlardı. Hollywood yıldızlarını takip edip onların doktorlarına giderlerdi. Neden? "Çünkü bir kadın yaşlanmamalıydı." Bu verilecek en büyük savaştı. Hem diğer kadınlarla hem de erkeklerle. Sanki kadın için yaşlanmak bir suçtu, günahtı. Çünkü kadın güzel olmak zorundaydı. Kaç yaşında olursa olsun, bu böyleydi. Kadınların ölene dek yaşamla yaptıkları bir sözleşmeydi sanki. Kanlı bir sözleşme... Peki ya erkekler? Onların yakışıklı olmalarına gerek yoktu, paralarının olması yeterdi. Bu düşünce biçiminin iki tarafı da yüktü. İnsanların taşımak zorunda olmadıkları halde, sırtlarına aldıkları ağır bir yük.

Ama her ne kadar zengin güzellerden olduğunu söylesem de sadece buna sahip bir kadın değildi Aysel Hanım. Hoş giyinmişti. Yüzünde muhtemelen çok estetik yoktu. Çünkü mimiklerini görebiliyordum. Ve sarı saçları, gerçekten gür ve dalgalıydı. Üzerindeki kıyafetiyle arabadan indiğinde, dışarıdan bakanlar için hoş ve havalı bir kadın olarak görüneceğini şimdiden tahmin edebiliyordum. Telefonda sesi daha genç geliyordu ama sanırım 50'li yaşların sonlarındaydı. Paranın satın alamayacağı tek şey belki de bu yaşlardaki kadınların yaşlarına "30" veya "40" diyebilmekti. Yaş, bu dünyada satın alınamayan sayılı şeyden biriydi. Gerçek, parayla satın alınamayacak ve belki de değiştirilemeyecek kadar keskin tek şeydi.

"Teşekkür ederim Derinciğim. Yıllar çabucak geçip gitti. Bir bakmışsın 62 oluvermişsin. İnan nasıl geçti hiç anlamadım. Aman neyse, trafik var ve umarım yemek için çok beklemeden mekâna varırız," dedi. Daha öncesinde yolu kontrol eden bakışları artık tamamen bana odaklanmıştı. Şoför nereye gideceğini bildiğinden, Aysel Hanım da rahatlamış görünüyordu.

"Ben halimden memnunum, merak etmeyin..." dedim. Aslında deli gibi açtım ve keşke evde biraz atıştırmayı akıl edebilseydim.

"Gideceğimiz yeri umarım seversin. Yıllardır gideriz. Sahibi de çok yakın aile dostumuzdur," diye gideceğimiz restoranla ilgili kısa bir bilgi de verdi.

Aile dostu olmak nasıl bir şeydi acaba? İki aile vardı. Arada sırada birbirleriyle görüşüyorlardı... ve böylece dost oluyorlardı. Umarım bir gün benim de bir ailem ve aile dostlarım olur diye geçirdim içimden. Belki de tüm mücadelem bunun üstüne kuruluydu. Aysel Hanım'la buluşmuş olmak da bu mücadelemin bir parçası mıydı?

"Siz sevmişseniz, ben de severim tabii," dedim.

Aysel Hanım gerçekten sıcakkanlıydı. Doruk'a benziyordu. Peki kalbi de Doruk gibi miydi? Kalbini gösterdiği birilerinden Aysel Hanım'ı dinlemek istedim bir an. Çünkü sadece kalbimizi gösterdiklerimiz bizi iyi tanırlardı. Geri kalanlar sadece tanıdıklarını düşünürler, bir illüzyonla ilişki kurarlardı.

İtalyan restoranının önüne geldiğimizde, şoför arabanın kapılarını bizim için açtı. Kendimi Aysel Hanım'ın kızı gibi hissettim ama asla onun kızı olamazdım. Ben onun eşinin tecavüz ettiği kızdım sadece. Bunu aklımdan hiç çıkarmıyordum.

Bizi kapıda güleryüzlü biri karşıladı. Gür ama güzel taranmış siyah saçlarıyla takım elbisesinin içinde hoş görünüyordu. Parlak, bembeyaz dişlerini göstererek, "Hoş geldiniz Aysel Hanım," dedi.

"Hoş bulduk," diyerek Aysel Hanım da onu selamladı.

İstanbul'daki bazı işletmeciler ne kadar paranız varsa o kadar güleryüzlülerdi, neredeyse paranız kadar gülerlerdi size. Siz ne kadar zenginseniz o kadar saygındınız onlar için. Ne kadar şıksanız, onlar için o kadar değerliydiniz. Ne kadar güçlüyseniz restoranda o kadar iyi yere otururdunuz. Bu yüzden çoğundan nefret ediyordum. Nefret ettiğim sistemin içinde var olan bu hizmetliler ise bir nevi benim günah keçilerimdi. Aslında nefret ettiğim onlar değil, sistemi yaratanlardı. Aysel Hanım yüzünden bana da fazladan güleryüzlü davranmalarından midem bulanmıştı. Aysel Hanım bizi karşılayan adamla konuşurken, rezerve ettiği veya rezerve etmeye bile gerek duymadığı masamıza buyur edildik. Restoran sanki limonlu cheesecake gibi kokuyordu, iştah açıcıydı. Buraya daha önce hiç gelmemiştim. Açıkçası Nişantaşı'na uzun zamandır hiç uğramamıştım. Oysaki benim için İstanbul'un en medeni yerlerinden biriydi. Sokaklarda herkes rahat rahat yürüyebiliyor, herkes istediğini giyebiliyor ve istediği şekilde yaşayabiliyordu. Ama İstanbul eskisi gibi değildi. Eskiden daha rahat ve modernken, günümüzde bazı kısımları –ama daha çok insanları– aşırı muhafazakârlaşmış, bu da Nişantaşı gibi yerleri daha değerli ve biricik kılmıştı.

"Aysel Hanım tekrar hoş geldiniz, sizlere ne takdim etmemizi istersiniz?" diyerek bir garson masamıza yaklaştı. Gülümseyerek menüleri bize uzattığında, Aysel Hanım ne yemek istersin der gibi bana baktı.

Ben de hızlıca, "Ben bir bakayım menüye..." deyip yemeklere göz gezdirmeye başladım. Aysel Hanım ve garson aralarında konuşurlarken, ben de menüden bir şeyler seçmeye çalıştım ve kararımı verdim.

"Kremalı mantarlı *risotto* alabilirim," dedim.

Aysel Hanım da önce ortaya bir şeyler söyledi, ardından kendisine ana yemek için *gnocchi* siparişi verdi. Yemeklerimizi söyledikten sonra, garson yavaşça yanımızdan uzaklaştı. Gerginliğimi hâlâ üzerimden atamamış gibi hissediyordum. Acaba Aysel Hanım gerginliğimi yüzümden okuyor mudur diye düşünürken daha da çok gerildim. Karşısında oturan kişinin kim olduğundan haberinin olmaması fikri ise beni sanki uçurumlara sürüklüyordu. Belki de herkesin hayatından çekip gitmeliydim çünkü bu aileyi dağıtabilirdim. Bir aile kurmak isterken başka bir aileyi dağıtmak istemiyordum. Keşke gelmeseydim diye düşündüm. Düşüncelerimin uçurumundayken Aysel Hanım'ın sesini duydum.

"Neler okursun, neler yaparsın? Anlatsana biraz. Doruk bahsetti ama seni senden dinlemek isterim."

Beni benden dinlemek doğru olurdu ama acaba Doruk hakkımda neler söylemişti? Kötü bir şey demediğini biliyordum gerçi ama nedense kaygan bir zeminde yürüyor gibiydim.

"Psikoloji okudum İstanbul'da Aysel Hanım. Psikoloğum. Bir ofisim var, orada çalışıyorum."

Nedense ayrıntılar vermek, çok konuşmak istemedim.

"Çok güzel. Ben de isterdim psikolog olmayı," dedi. O yüzüme bakarken, sanki olmak istediği kişiye bakıyormuş gibi hissettim.

"Neden olmadınız?" diye sordum. Onu konuşturmak, konuşan değil de dinleyen olmak bana kendimi iyi hissettiriyordu.

"Bizim zamanımız bugünkü gibi değildi kızım," dedi.

Kızım kelimesini duyunca onu hemen cımbızla yüreğime alıp içimi ısıttım. Bir kelime bile bazen içimizi ısıtmaya yetiyordu nasılsa...

"Okumak önemliydi ama sırf erkekler için önemliydi. Biz beş kardeştik. Babam erkekleri okuttu, kızları çok önemsemedi... bu yüzden okumadım ama ne yaptım ettim çalıştım."

Aysel Hanım'ın anlattığı gibi birçok hikâye dinlemiştim. Oğullarının gelişimine önem veren aileler, konu kızlarına gelince onların sadece evlenip anne olabileceklerini zannediyorlardı. Kadının sırf anne olmak için yaratıldığını zanneden bu gerici zihniyet, bir zamanlar dünyaya hükmetmiş olsa da medeniyet sahnesinden artık silinmişti. Ama Türkiye'nin birçok yerinde ve Ortadoğu'da hâlâ izleri duruyordu. Kadının gücünden korkanlar bu geri kalmışlığı yaymaya devam ediyordu. Demek ki Aysel Hanım da bu düşüncenin kurbanı olan milyonlarca kadından sadece biriydi. O da muhtemelen içinde gerçekten cevher taşıyan ama bu cevherin ortaya çıkmasına izin vermeyen ailelerin birinde büyümüştü. Aysel Hanım'ın ailesinin de çocuklarına "iyilik" yaptıklarını düşündüklerinden emindim. İçinde kötülük saklı iyiliklerden korkuyordum. İyilik yapmak isteyen ailelerden de korkuyordum.

"Tabii eskiden böyle düşünceler vardı maalesef. Gerçi hâlâ var," dedim danışanlarımın anlattıklarını da hatırlayarak.

"Olmaz mı? Çok var hem de. Biz bizim zamanımızda kaldı zannederdik ama hâlâ var. Köylere de gitmene gerek yok, şehirde, İstanbul'da bile böyle aileler var. Ne diyeyim, çok üzücü," dedi. Son cümleyi içini çekerek söylemişti.

Açıkfikirli bir kadınla konuştuğumu anlamıştım. Eğitim her zaman okulda değildi, çoğu zaman yaşamın içindeydi.

"Annenle baban nereliler?" diye sordu. Bunu sormasını aslında hiç beklemiyordum, Doruk bahsetmiştir diye düşünmüştüm. Ama önüme gelmişti bir kere. Eğer çocukluktan beri bazı acılara alışmışsanız, o acılar artık acımaz sadece biraz sızlarlar ve hayatın akışı içerisinde siz o sızıyı hissetseniz bile yine de devam etme gücünü kendinizde bulursunuz. Ben de öyle yapmıştım. Acı sızlayabilirdi ama acıtmazdı. Bu soru, beni artık acıtmayan sadece sızlatan sorulardandı.

"Maalesef benim annemle babam yok Aysel Hanım," dedim.

Aysel Hanım sorduğu sorudan utanarak cevap verdi. "Kusura bakma lütfen, bilmiyordum."

Daha fazlasından habersiz olduğunu bildiğimden, onu anlayışla karşıladığımı söyledim. O da bir kez daha kusura bakma deyip özür dilediği sırada yemeklerimiz geldi. Aysel Hanım'ın benimle tanışması beni başta biraz endişelendirse de onu sevmiştim. Sanırım onun hiçbir şeyden haberi yoktu. Ne kocasından, ne mektuptan ne de herhangi başka bir şeyden. Dünyası gerçeklikten uzak, özellikle kocasına dair koca bir yanılsamadan ibaretti. Gerçekliğe kavuşamamış yaşamlar, gerçeği aramak ve yalanlardan kurtulmak için savaşırlar mıydı? Sanki Aysel Hanım da, ben de bunu öğrenmek için birbirimize doğru çekilmiştik.

"Biraz da başka şeylerden konuşalım o halde. Doruk'u seviyor musun peki?" diyerek konuyu değiştirdi.

"Doruk benim için çok ama çok özel biri," dedim ve sonra, "Evet, Aysel Hanım. Çok seviyorum," diye ekledim.

Gözleriyle gülümsedi. O oğlunu kıskanan değil, mutluluğunu isteyen annelerdendi.

"Doruk'u çok özel bir şekilde büyüttüm ben, üstüne titredim resmen." Aysel Hanım bunu söylediğinde keşke bir de Doruk'u dinleseydi diye düşündüm. Ebeveynler genelde kendi hatalarını görmez, çocuklarını suçlarlardı. Oysa çocukların, ebeveynlerinin bir aynası olduklarından haberleri olmazdı. Bir çocuk herhangi bir şeyin suçlusu olabilir miydi hiç?

"Yaramazlık yapardı mesela. Özellikle Yiğit'le bazen birbirlerine girerlerdi. Kıskanırdı biraz onu... Aralarında çözmelerini söylerdim. Babası girerdi bazen aralarına. 'Çocukla çocuk olma,' derdim." Gülerek anlattığı anılarının arasında "Çocukla çocuk olma", "Çocuk aklı işte" gibi tabirler, çocukları değersizleştiren ve özsaygılarına karşı zararlı benzetmeler olsa bile neşeyle anlatmasına bir şey demeden, Aysel Hanım'ı sadece dinledim. Her ebeveyn gibi o da kendini haklı görüyor, "Tabii bizim de olmuştur yanlışlarımız, kim mükemmel ki?" diyerek yaptığı yanlışları gözünde küçültüyor, un ufak ediyor, kendince çocuklarının affına sığınıyordu.

"Haklısınız, kolay değil tabii," dedim.

Aysel Hanım, yemeklerimiz bittikten sonra ben almam desem de zorla ortaya tatlı sipariş etti. Tatlılarımızı yerken aniden başka bir soru daha geldi.

"Bizim Riva'daki yazlığa geldin mi hiç?"

Ne cevap vereceğimi bilemediğimden afalladım. Ağzımdaki lokmayı yutmayıp biraz daha çiğneyerek zaman kazanmaya çalıştıktan sonra, "Evet," diye cevap verdim. "Gittim."

Neden sorduğunu anlamadan Aysel Hanım'ı pürdikkat dinlerken, "Sedat'ın çok güzel tabloları vardır orada," dedi.

Sedat... Demek ki adı Sedat'tı.

Bana geçmişimin katilinin adını vermişti. Bana birçok sorumun cevabını vermişti. Bana çocukluk acımın, travmamın sahibini vermişti. Bana tecavüz edip hayatımı karartan, kendimi ve hayatı suçlayıp sürekli ağlamama sebep olan, beni kâbuslarla uykularımdan uyandıran adamın adı Sedat'tı. Erkeklere yaklaşımımı etkileyen, hayata inancımı sarsan, Doruk'u bulduğumda travmamı yeniden tetikleyen Sedat. Travmamın asıl adı Sedat.

Gözlerim dolar mı korkusuyla mücadele ederken peçeteyle ağzımı sildim ve "Öyle mi? İncelemedim..." dedim. Kaşığımı tatlı tabağının yanına bıraktım.

"Bir daha gidersen ki gideceğini umuyorum, mutlaka incele," dedi.

"Sedat Bey eşiniz, değil mi?" diye sorarak onay almak istedim. Yüzümde ciddi bir ifade vardı, öte yandan çok önemli bir şey sormamış gibi yapmaya çalışıyordum.

"Evet," dedi. "35 senelik eşim hem de. Onu da başka zaman anlatırım. Anlat anlat bitmez Sedat..."

Anlat anlat bitmeyecek biri varsa o da benim Aysel Hanım, eşinizin aslında bir kelimelik adı, tek sıfatlık hikâyesi ve sadece bir kelimelik sonu var... O an en çok bunu söylemek istedim.

"Olur, seve seve dinlerim," diyebildim sadece ve ekledim: "Aşk hikâyesi dinlemeyi çok severim."

11

"Bizim zamanımızda başkaydı aşk!" diyerek başladı sözlerine Aysel Hanım. Bu memlekette yaşayıp da şu cümleyi kurmayan 50 yaş üstü insan var mıydı acaba? Herkesin diline pelesenk olmuştu sanki. Onun zamanları, benim zamanlarım. O devirde, benim devrimde. Bir zamanlar, bu zamanlar. 70'ler, 80'ler, 90'lar, 2000'ler... Aslında kuşak farkı dedikleri şey işte böyle bir şeydi. Zamandı insanları bir pasta gibi ortadan ikiye bölen, zihinde ikilikler yaratan, çatışmaları artıran, bazen normal dediğimiz şeyleri şekillendiren, örf ve âdetlerimizi belirleyen, nasıl giyinmemizi, nasıl konuşmamızı söyleyen, aşkın yaşantısını değiştiren, hatta bazen bazı şeyleri komple ortadan kaldıran ve bu yüzden arada yaş farkı olanların birbirini anlamalarını güçleştiren.

"Biz Sedat'la görücü usulü evlendik. Çoğu evlilik böyle yapılırdı o zamanlar. Kimse de öyle şey olur mu demezdi pek. Yaşarken ben de başıma neyin geleceğini bilmiyordum. Bir gün babam bana, 'Artık seni birine vermemiz gerekiyor,' dedi, bir tek bunu hatırlıyorum. Bir de o zamanlarda deli gibi korktuğumu..."

Aysel Hanım hikâyesini anlatmaya başlayınca, onun da kadınların erkeklere "verilmesi gerektiğini" düşünen biri olduğunu, damadın ve ailesinin sürü halinde davulla zurnayla "almaları gereken bir malmış gibi" gelinin evinin önüne gittiği, hatta başlık parası verdiği, ataerkil zihniyetin keskin çizgisinin hâkim olduğu, kadının kadın değil de bir obje, bir nesne sayıldığı kültürde büyümüş olduğunu hiç şaşırmadan anladım. Başka hangi kültürde yetişecekti zaten? Anlattığı gibi o da bu kültürün baskın olduğu evlerde korka korka ama bir yandan da herkes öyle sandığı için kendi içinde düştüğü durumu normal saya saya, yanlışı doğru zannetme yanılgısı içinde büyümüştü. O zihniyetin çizdiği kader çizgisinde yürümüş, bu yaşına kadar gelmişti. Hayatta böyle başkaları tarafından çizilen kader çizgileri vardı; bıçak gibi keskin, buz gibi soğuk, ölüm kadar gerçek ve acımasız... İşte bu yüzden İbn-i Haldun'un, "Coğrafya kaderdir," sözü ne kadar doğruydu. Görücü usulü evlilikler çok eskilerde kalmamıştı, hâlâ Türkiye'nin bir yerlerinde, birilerinden habersiz yapılıyordu... Sohbet masalarında, "Kaldı mı böyle şeyler?" diyenlere inatla yaşanmaya, birilerinin hayat ışığını karartmaya, "iyilik" kisvesi altında iyilikten başka birçok şeye benzeyerek devam edip gidiyordu. Yasaldı çünkü. Nasıl hâlâ çocuk gelinler varsa, kadınlara istekleri sorulmadan babaları ve büyüklerinin zoruyla yaptığı evlilikler nasıl hâlâ yasalsa... Pedofili haberlerini görünce, "Bunlar insan mı? Yazıklar olsun bunlara!" desek de pedofilinin yayılmasına sebep olan en büyük etken çocuk gelinlerin varlığına izin verenlerdi. Buna susanlar, o çocuk gelinler Türkiye'nin bir yerlerinde yaşarken onları yok sayanlardı. Bu yüzden buna karşı çıkanların, "bunu normalleştirmeyin," söyleminin bile içi çoktan boşalmıştı. Çocukların çığlıklarını duymayanlar için bu yaşanan korkunç şeyler de normaldi artık. Herkes bu çığlıklara, bu çocuk istismarına ortaktı...

"Sedat'ı ilk gördüğümde ne hissedeceğimi bile bilemedim," diyerek devam etti konuşmasına Aysel Hanım. "Tek bildiğim duygu korkuydu, endişeydi..."

Aysel Hanım anlatmaya devam ederken, ben de Türkiye'nin gelmiş geçmiş en büyük önderi Atatürk sayesinde kadınlara seçme ve seçilme hakkı verilmiş olsa da kadının hâlâ sevdiği erkeği seçme hakkı olmadığını düşünüyordum. Devlet, iktidar, insanlar... İnsandı insana kötülüğü yapan ve birileri müsaade edince kötülük bir virüs gibi yayılıyordu. Kan yoluyla değil de kültür vasıtasıyla... Önce birine, sonra diğerine, derken her yere. Belki de kandan bulaşandan bile daha kötüydü, kültürden, geleneklerden insana bulaşan kötülük!

"Ne oldu ne bitti anlamadan evleniverdim işte. Bir baktım elimde bir kına, birileri başımda şarkılar, türküler söyleyip duruyor. Sonra bir baktım üstümde bir adam, derken kucağımda çocuklar..."

Ne acı, diye geçirdim içimden. Sanırım ben şanslıydım. En azından hangi erkekle evleneceğimi seçme şansım vardı. En azından Aysel Hanım'ın ailesi gibi bir ailem yoktu. Hayatta çeşitli hikâyeler dinledikçe ailenin kutsal değil, bazen tam tersine lanetli bir şey olduğunu düşünürdüm. Çünkü aile isterse kutsal olurdu, isterse bir lanet. Bir an için kendi yaşantıma şükrettim; Aysel Hanım'dan uzaklarda, içimde bir yerlerde, sessizce. Aysel Hanım'ın geçmişi öyle acı doluydu ki... Her ne kadar sonradan eşini sevdiğini düşünse bile aslında onu sevmemiş, sevmek zorunda kalmıştı. Belki de Aysel Hanım hâlâ sevgi nedir bilmiyordu. Çünkü sevgiyi tanımamıştı, sevgiyle korku yoluyla tanışmıştı. Zoraki şekilde. Aşkla ve huzurla değil. İşte bu sebeplerden ötürü kadınların erkekler karşısındaki haklı mücadeleleri yüzyıllardır sürmüştü ve bu yüzden bir türlü tam alınamayan hakların mağduriyeti hâlâ sürüyordu. Ne büyük savaştı, ne bitmek bilmeyen bir hak mücadelesiydi bu. Sonu gelmiyordu.

Aysel Hanım'ı sevmiştim. O, beni, eşinin tecavüz ettiği kız olarak görseydi muhtemelen sevmezdi ama ben onu sevmiştim. Üzülmüştüm ona çünkü... Belki böyle hissetmemin sebebi başka bir zihniyet mahkûmu olduğu içindi, belki de bir gün benim gerçeğimi bu gerçeklerinin üstüne eklemek zorunda kalacağı içindi. Henüz bilmiyordum. Eğer Doruk'un annesi olmasaydı da severdim onu, bundan emindim. Hatta belki o da gerçeğimi öğrense dahi severdi beni. Sonuçta ben bir kötülük yapmamıştım ki. Vicdan terazisi sağlamsa beni anlardı. Vicdan terazisine sahip olanın hayatta başka hiçbir duyguya ihtiyacı yoktu aslında. Mesele o teraziyi ruhuna oturtmaktı, ruhunda dengede tutmaktı. Ama henüz buna sahip olup olmadığından emin olacak kadar tanımıyordum onu.

"Böyle evlilikler şimdi de var Aysel Hanım. Ben ne hikâyeler dinliyorum, bir bilseniz... Anlatsam kitap olur," dedim. Ses tonum yumuşak, onun sesinin ahengine yakındı.

"Tabii var. Çok hatta. Cahillik hiç bitmedi dünyada, biteceğini de sanmam. Bir cahillik bitince diğer cahillik doğdu hep öteki diyarda..." diye açıkladı fikrini.

Okul gibi kadındı Aysel Hanım. Gözleri öyle bakıyordu ki, sanki ayaklarıyla değil, gözleriyle yürümüştü bu topraklarda. Öyle hâkimdi hayata. Hayatı yaşamak böyle bir şeydi işte. Sistemin içinde sisteme rağmen yürümek böyle bir şeydi. Bu topraklarda kadın olmak böyle bir şeydi. Sanki önce ekşi bir limonu ağzına sıkıyorlar ve her şeye karşı ekşimsi bir tepki geliştirmeni sağlıyorlardı, sonra da sen o ekşi limonun ta kendisi oluyordun.

Mekândan ayrıldıktan sonra Aysel Hanım'dan beni evimin yakınlarındaki bir kitapçıya bırakmasını rica ettim. Yolda giderken tek düşündüğüm şey, bir gün bu kadına "anne" deme imkânımın olup olmayacağıydı. Diyebilir miydim acaba? Ya o ister miydi? Nasıl görüyordu beni? Bir "piç" gibi mi? Ayakları üstünde duran güçlü bir kadın gibi mi? Yoksa sadece oğlunun sevgilisi olan bir gelin gibi mi? Ne mutlu bana ki, beni kıskanacak biri gibi hiç durmuyordu. Oysa anneler, özellikle de eşleriyle araları soğuk olan veya eşlerinden ayrılmış olanlar, o yokluğun yerine oğullarının sevgisine bir halata tutunur gibi tutunurlar, oğullarının sevgilerini bir başkalarıyla bölüşmeyi hiç istemezlerdi. Düştüklerinde ne olacağını bilemediklerinden aşağı düşecekmiş gibi sımsıkı tutunurlardı o evlat halatlarına. Çünkü eşleri olmayınca, koca evrende erkek sevgisi görebilecekleri bir tek evlatları kalırdı. Ama Aysel Hanım'ın o annelerden olmadığını düşünüyordum. En azından tanıdığım kadarıyla. En azından şimdilik...

Ben bu düşüncelerle meşgulken kitapçının olduğu caddeye geldik, araba yavaşça yolun kenarına doğru süzülerek durdu. Havada güzel bir koku vardı, bana başka bir günü hatırlatır gibi tanıdık bir koku...

"Her şey için çok teşekkür ediyorum Aysel Hanım," diyerek elini tutmak istedim. Fiziksel temastı bazen ruhları yakınlaştıran, hatta ruhları tanıştıran. Birdenbire Aysel

Hanım'la elini tutacak yakınlığa ulaşmıştık. Yaşına göre elleri gayet güzel ve sıcacıktı. Kimbilir bu eller neler görmüştü. Gözler gibi eller de tanık olurdu çok şeye. Çok şeye dokunurlardı hayatın içinde. Eşyalar ve insanlar kadar; acılara, hüzünlere ve sevinçlere de... Aysel Hanım eğer annem olsaydı acaba beni nasıl büyütürdü diye düşündüm içimden. Diğer annelerin ellerini düşündüm. Hepsi böyle sıcacık mıydılar?

"Ne demek Derinciğim, çok mutlu oldum," dedi.

Gülümsedim. Şoföre de teşekkür ettim. Adam da hafifçe arka koltuğa dönüp siyah takımının içinden gülümsedi ve sonrasında kapımı açmak için arabadan hızlıca indi. Kapımın açılmasını beklerken Aysel Hanım bana, kendisine göre sessiz ama benim için çok sesli bir fısıltıyla veda etti.

"Unutma, sen de artık benim kızım sayılırsın."

12

Aysel Hanım'la ayrıldıktan sonra kitaplarımı alıp hemen eve dönmüştüm. Bu buluşmanın sonrasında ne hissedeceğimi bilmiyordum. İyi mi hissetmeliydim, kötü mü? İyi hissetmekle kötü hissetmek arasındaki uzaklık neydi? Ne kadar mesafe vardı aralarında, ne kadar sürerdi kötüden iyiye gitmek ya da iyi hissetmekten kötü hissetmeye doğru yol almak? Kararsızlığım canımı sıktı, duygularım ekşi ile tatlı arasında gidip geliyordu.

Derken telefonumda Doruk'un attığı mesajı gördüm.

Akşam sana gelebilir miyim?

Annesi ona buluştuğumuzu söylemiş ve hemen benimle ilgili havadisleri yetiştirmiş olmalıydı. "Çok iyi bir kız, bayıldım" ya da "İyi kız ama sana daha iyisini bulabiliriz", ikisi de olabilirdi. Doruk'un, annesinin benimle alakalı düşüncelerini söyleyip söylemeyeceğini merak ediyordum.

Merak ediyordum etmesine ama bu ilişki nereye gidecekti, ben nereye gidecektim? Aslında merak etmem gereken en önemli şey buydu. Bastırdığım en korkunç şey buydu.

"Tabii ki gelebilirsin," diye yazıp cevabını beklemeden, telefonu hole bıraktım ve kafamda endişelerle banyoya doğru yürüdüm. Giysilerle yürüdüğümüzü zannetmemiz ne acizlikti. Daha çok kafamızdakilerle birlikte yürümüyor muyduk?

Banyoya girdiğimde içimden küveti doldurup suda birazcık dinlenmek gelmişti. Tek başıma yaşadığımdan beri bunu sıklıkla yapardım. Özgürlüğümdü bu, banyo huzurlu hissettiğim yerlerden biriydi. Keza önemliydi de; suyla buluşmak, kendinle buluşmaya eşdeğerdi.

Musluğu açıp ayakta küvetin dolmasını beklerken, su sanki kızgın gibi, sert ve harıl harıl akıyordu... Suyun küveti doldurmasını, kelimelerin tane tane yazılarak boş kâğıtları doldurmasına benzettim. Kelimeler nasıl harflerle bütünleşip kitaplar oluşturuyorsa, su da yaşamı oluşturmuş olabilirdi. Hatta bazılarına göre böyleydi; suydu yaşamı var eden. Bazılarına göre toprak ve kildi. Bazılarına göreyse ateş. Ama yaşamı var eden her neyse, bu her zaman değişecek, belki de hiçbir zaman yüzde yüz bilinemeyecek, mutlak doğrusu bulunamayacak, zihinlerde bir türlü bir yere oturtulamayacaktı.

Suyun boş küveti dolduruşunu izlerken, her şey akıyor diye düşündüm. Zaman akıyor, düşünceler akıyor, mekânlar akıyor, insanlar akıyor; hem de her zaman, her yerde, her biçimde, her koşulda, durmaksızın... Koşarak akıyorlar, yürüyerek akıyorlar, konuşarak akıyorlar, sevişerek akıyorlar, dolaşarak akıyorlar, bilgilenerek akıyorlar, öğrenerek akıyorlar, kızarak akıyorlar, uyuyarak akıyorlar...

Bir yerlerden, bir yerlere. Düşüncelerden, düşüncelere. Rüyalardan yaşamlara. Duygulardan kalplere. Ölümlerden döngülere. Pencerelerden, caddelere. Caddelerden ülkelere. Uçaklardan, medeniyetlere. Cahillikten modernliğe. Modernlikten yine cehalete... Ne çok şey akıyor diye düşünmeye devam ederken, aynada sessizce kendime baktım. Ben de hiçlikten birliğe doğru akmıştım. Hiçken bir olmuştum. İnsan böyleydi: "Hiç"ti önce, sonra anlamını bulurdu. Zamanla idrak ederdi kim olduğunu, nereye gittiğini, yolculuğunu, varacağı yeri... Gerçi ben daha sadece yolcuydum. Yol uzundu, bitmezdi. Belki de hayatın asıl anlamı yolun sonuna varabilmek değil, iyi bir yolcu olmaktı.

Üzerimdekileri yavaşça çıkarırken, aynanın karşısında gözlerimi gözlerimden ayırmadım. Kendime bakarken, bakma yollarını da görür gibi oldum. Acıma, kızma, gülme, minnet etme, merak duyma, hayranlık duyma, umut etme... Birçok yolu vardı kendime bakmamın. Birçok insan yanlış baktığı için kendini yanlış görüyordu. Yanlış gördüğü için de yanlışı yansıtıyordu, yanlışı tanıtıyordu diğerlerine. Peki ben doğru bakıyor olabilir miydim? Ya da insan kendine doğru bakmayı isterse bunu öğrenebilir miydi?

Kendime bakarken, şu koca dünyada ne kadar çok insan tanırsak tanıyalım, ne kadar çok insanla iç içe geçersek geçelim, belki de her şeyimize tanık olan tek kişi yine kendimiziz, diye düşündüm. Kendimden başka kimsem olmadığını düşünerek sessizce aynaya bakarken, üzerimdeki kıyafetler de gitmeleri gerekiyormuşçasına vücudumdan ayrılıp telaşsızca beni terk ettiler. Banyodaki küçük, beyaz halının üzerine boylu boyunca uzandıklarını gördüm. Artık çırılçıplaktım, tanımadığım anamdan doğmaydım... Paktım kendime göre ama topluma göre kusurluydum. Güzelliğin altın oran kavramına göre çokça uyumsuz, dinlere göre oldukça günahkâr, meslek etiğine göre yeterince ahlaksız ve kuralsız...

Baktığım aynada, durduramadığım şeyler geliyordu aklıma ve çoğu kendi bedenim üzerindendi. Mesela bu çıplaklığın ne çok krallığı, ne çok hükümdarlığı, ne çok erkeği ve kadını korkuttuğunu düşündüm. Biz kadınlar varlığımızla birilerini hem tahrik ediyorduk hem de onları korkutuyorduk. Bu tarihte varoluşunu hâlâ anlamsız felsefelerin hükümdarlığında yaşayan kadınlara ne kadar da yazıktı... Mesela birçok erkeği ve kadını cezbeden benim bu memelerimdi. Onları birbirine düşüren, kavgalar ettiren, hükümdarlıklarını yıkan, taht kavgaları ettiren. Tehlikeydi memelerimin adı, görünürlerse işim biterdi! Tarihte hep buydu kadının adı, benim adım buydu işte; tehlike. Elimle mememe dokunduğumda, bir et parçasına yüzyıllar boyunca milyonlarca anlam yükleyen insanların zavallılığını acıyarak anımsadım. İnsanlara acıyordum çünkü diğerlerini daracık, simsiyah kapılardan bakarak görüyorlardı. Oysa yaradılış olarak memelerin burundan farkı yoktu. Burun nasıl sadece burunsa, meme de sadece memeydi. Ama insanlar kadınların işini zorlaştırmayı her zaman kolaylaştırmaya tercih ederlerdi. Çünkü kadın erkeğin gücünü tehdit ederdi, bu yüzden ne olursa olsun bedeni de, düşünceleri de, kıyafetleri de kontrol altına alınmalıydı. Hem dinlerde, hem mitolojide hem de tarihte yeri hep böyleydi kadının; birbirine benzer, birbiriyle paralel. Vücuduma, kadın oluşuma severek, barışla, şükranla baktım. Neyse ki hiçbir zaman bu konuda sıkıntı yaşamamıştım. Şanslıydım. Aklını kullandığı için şansı olan kadınlardandım. Çünkü şans, hayatta her zaman akıllıların yanında olmayı severdi.

Peki, az önce yere düşen giysilerim gibi söylediğim yalanlar da üzerimden düşer miydi? Giysilerim gibi, acılarım da beni bırakıp yere boylu boyunca uzanır mıydı? Yani acıları çıkarıp atabilir miydik üzerimizden? Atabilir miydik masalara, yataklara, kaldırımlara? Yoksa zaten yapıyor muyduk bunları?

Arkadaşlarımızın yanındayken giymediğimiz giysilerimiz gibi, konuşmak istemediğimiz acılarımızı da dolaplarımıza yerleştirip mi çıkıyorduk evlerimizden? Acının lekesi kolay çıkar mıydı insandan?

Küvet suyla dolmuştu. Musluğu kapattım ve kendimi o huzur veren duyguyla tamamen suya bıraktım. Ayaklarımı küvetin öbür ucuna uzattığımda, ferahlamış ve bu dünyadan gitmiş gibiydim. İnsanların düşünceleriyle seyahat edebildiklerine inanıyordum, gözlerimi kapattığımda ben de olmak istediğim yerde olurdum hep. Düşüncelerimden beni götürecekleri yerin müjdesini beklerken, kulaklarımın duyduğu tek şey sadece su sesiydi. Toprağı yeşerten, vücudu dolduran, insan denen organizmanın düştüğü ilk yerin sesi; su sesi.

Anne karnına döner gibi suyun içine yavaşça daha çok sokuldum, kulaklarım tamamen suyun içindeydi artık. Suyun derin, berrak ama gergin bir sesi vardı ve ben gözlerim, ağzım ve burnum dışında suyun altındaydım. Rahatlatan sıcak suyun keyfini çıkarmaya çalışırken gözlerim yavaş yavaş kapanmaya başladı. Tiyatrolarda perde açılıp oyun başlarken düşünce seyahatlerimde perde kapanır, o zaman oyun başlardı. Bu yüzden severdim düşsel yolculukları. Beni hep farklı farklı yerlere götürürlerdi. İyi gelirdi çoğu, çünkü çözümleyiciydi, şifalandırıcıydı. Su rahatlatıcı etkisine devam ederken, perde tamamen kapandı ve ben annemin rahmine gittim. Aklıma ilk gelenler sadece sorulardı, merak ettiklerimdi. Nasıl bir yer olabilirdi orası? Sudaki halim gibi rahat mıydı? Huzurlu muydu? Orada ne hissettirmiştim anneme? Ayaklarımla vurmuş muydum karnına? "Çıkar beni, al kucağına, sar, sarmala beni," demiş miydim? "Beni sakın bırakma anne," diye yalvarmış mıydım?

Canım neler çekmişti? Muz, kavun, karpuz, peynir, zeytin, patates, elma... Hangilerini istemiştim, isteyerek annemi zorlamış mıydım hiç? Yoksa genelde uyumuş muydum? Hiç görmüşler miydi beni, belki parmağımı emerken, belki suyun içinde yer değiştirirken? Sevinmişler miydi beni orada gördüklerinde? "Bir kızınız olacak," demiş miydi doktor, annemin karnının üzerinde bir aletle gezinirken, benim dünyada gezineceğim acılardan habersiz? Rahimdeyken annemi hiçbir zaman tanımayacağımı hissetmiş miydim? Bazen orada da bu hayatta istediğim gibi ölmek istemiş miydim? Babam, annemin elini hiç tutmuş muydu? Yoksa annem suyun içinde hâlâ nefes alıyor olduğumu görmeye yalnız, tek başına mı gelmişti? Ya da hiç görmeye gelmiş miydi? Beni görmek istemiş miydi?

Sıcaklık tenimde gezinirken, gözlerimden akan yaşlar da yanaklarımdan süzülüp küvetin suyuna karışıyordu.

Belki de suya girmemin, içinde mutlulukla yüzerek kendimi anne rahminde hissetmeyi istememden farkı yoktu...

Kendime hâlâ annemin beni görmek isteyip istemediğini sormamsa, gerçeği bildiği halde onu aramaya devam eden bir aptalın sahte umudundan başka bir şey değildi.

13

Küvetten çıkıp kurulandım, üstümü giymek için odama geçtim. Gardırobumun önünde biraz durup düşündüm ve evde rahat edeceğim bir şeyler seçmeye karar verdim. İnsanın kendini en rahat hissedeceği yer evi olmayacaksa ev neden vardı ki? En sevdiğim şortumu ve tişörtümü giydikten sonra, bugün Aysel Hanım'ın yanından ayrıldığımdan beri sürekli aklımı kurcalayan bir ayrıntıya takıldım: Sedat Yücedağ. İsmini öğrenmek istemediğim için hiç araştırmamıştım. Onun ismini öğrenmemek için çocukluğum ve gençliğim hep bastırdığım anılarla geçmişti. Aklıma gelir gibi olduğunda düşüncelerimi başka düşüncelerle değiş tokuş ediyordum. "Düşünme, düşünme, düşünme!" diyordum kendime. Ama aslında söylemek istediğim başkaydı: "Daha çok düşünmek zorunda kalacaksın, daha çok, daha çok!"

Yetişkin olup psikoloji okuduğumda bunun çok büyük bir savunma mekanizması ve baskılama biçimi olduğunu öğrenmiştim. Ama artık kaçacağım hiçbir yer kalmamıştı.

Onun adını öğrenmiştim. Zihnimin araştırmam için bana sürekli baskı yapacağını ve vazgeçip susmayacağını da bildiğimden, şimdi, Doruk gelene kadar adamı araştırabilirdim. Hakkında Google'da birçok bilgi olmalıydı, kimbilir neler yazılmıştı. Durduramadığım bir merakla salona geçtim. Çocukluğum da peşimden gelmişti. İnsan merak ettiği şeylerle önce düşüncelerinde kendi kendine konuşarak tanışır, daha sonra merakı sayesinde onu araştırıp onunla kavga eder ve daha sonra merak ettiği diğer her şey gibi ya onu düşüncelerinin bir parçası yapar ya da unutarak öldürürdü. Salona geçtiğimde, dizüstü bilgisayarım yemek masasının üstünde, kapının eşiğindeki bir misafir gibi beni bekliyordu. Tıpkı o arabanın zamanında beni beklediği gibi… Sandalyeyi çekip oturdum, bilgisayarı açtım ve Google'a "*Sedat Yücedağ*" yazdım. Önce onun ismini nasıl arattıklarını gördüm. "*Sedat Yücedağ kimdir?*" diye aratmıştı birileri. "*Sedat Yücedağ'ın serveti nedir?*", "*Sedat Yücedağ'ın ailesi*", "*Sedat Yücedağ'ın kanalı*", "*Sedat Yücedağ'ın oğlu*" ve arama kayıtları böyle devam edip gidiyordu. İnsanların gözünün önünde olmak, ip üstünde yürümek gibiydi. Senin düşüp düşmeyeceğini merak edenler ordusunun gözlerinin içindeydi varlığın. Bu yüzden şöhreti bir türlü anlamıyordum. Şöhret, başkalarıydı, onlara ait olmaktı ve toplumun zincirlerini üzerinde taşımaktı. Çünkü onlar için sadece varlığınız yetmiyordu, muhtemelen Sedat'ın ailesine dikkat ettikleri gibi, yanınızdakilerin varlığı da önemliydi. Mahreminiz de önemliydi, orayı didik didik edeceklerdi. "Göster karını, çocuklarını, evini, arabanı," diyeceklerdi. Sonra ileri gidecekler, yetmez, daha çok, daha çok göster diyecekler, kuduracaklar, elindekiyle yetinmeyi öğrenemeyen çocuklar gibi çıldıracaklardı.

Kimisi ne kadar iyi bir babaysanız o kadar değer verecekti size, kimisi ne kadar paranız varsa o kadar önemseyecekti sizi. Çünkü eğer toplum önündeyseniz insanlar sadece sizi değil, sizi çevrenizle beraber tanımaya çalışacaktı. En derinine inene kadar deşip duracaklardı hayatınızı, geçmişinizi, neredeyse geleceğinizi... İleride yapmak istedikleriniz bile önemliydi onlar için. "Gelecekte kendinizi nerede görüyorsunuz?" sorusu belki de bu yüzden soruluyordu çünkü eğer gelecekte toplumun istediği noktada, onların hayallerini süsleyen yerde olmayacaksanız, sizi sevmeleri veya desteklemeleri gerekmeyebilirdi. Bunun sebebi, bazı insanların kendi hayallerini başkalarının hayallerinde büyütmesi ve başkaları onları gerçekleştirdikçe kendi hayalleri gerçekleşmiş gibi hissetmeleriydi. Hayalsizler hiçtiler.

Eğer yakın çevrenizdekiler hoşlarına gitmezse, siz de hoşlarına gitmezdiniz. Bu yüzden aile olmak önemliydi. Aratılanlar kısmından görsellere tıkladım. Benim için en zorunun bu olacağı barizdi. Hem karşılaşmaktan ölesiye korkuyor hem de karşılaşmayı her şeyden çok istiyordum.

Ama cesaretim korkuma baskın geldi. Sedat Yücedağ'ın fotoğrafını Dorukların yazlığından sonra bir kez daha gördüm. Bu fotoğrafta biraz daha gençti, sanırım eski bir fotoğrafıydı. Yeşil gözleriyle ve kocaman gülümsemesiyle bilgisayarımın ekranından bana bakıyordu. Güleryüzlü insanlar gülümsemelerinin içine ne büyük vahşetler sığdırabiliyorlar, diye düşündüm ve birden ben de onun gözlerine daldım. Gözleri benim acımı unutmuş muydu? O gözler bana yaptıklarını ara sıra da olsa hatırlıyor muydu? O gözler rüyalarında beni görüyor muydu? Yıllar önceki o güne tekrar gitmiştim. Ellerinin bedenimde nasıl benden habersiz, zorbaca dolaştığını birdenbire istemsizce hatırlamıştım. Tenim değil ama kalbim bir kez daha yandı ve ağlamaya başladım. Durdurulamayan ve kendiliğinden akan gözyaşları, hep konuşulmayan acılar yüzündendi. Acı dile gelmezse gözlere gelir, oraya yerleşirdi. Birden bilgisayarımın kapağını kapattım. Yine kötü olmuştum. Ben nasıl yapacaktım? Bu işin içinden nasıl çıkacaktım? Doruk'la beraber olmaya nasıl devam edecektim? Salonun ortasında ıslak saçlarıma gözyaşlarım da karışıyor, yaşadığım şeyin ağırlığı sırtıma bir kez daha fil gibi oturuyordu. Kendimi bir fili sırtlamış gibi hissediyordum. Bu öyle bir fildi ki resmen üzerimde yürüyordu ve ben altında eziliyor, parçalanıyor ve âdeta kıvranıyordum. Bilgisayarımı tekrar korkusuzca açtım. O gözler aynı şekilde orada duruyor, bana bilgisayarın ekranından bakmaya devam ediyordu. Hızlıca görsellerden çıktım. Onun daha fazla fotoğrafını görmek istemiyordum.

Derin bir nefes alarak kendimi sakinleştirdikten sonra, ilk sayfadaki haberlere geri döndüm. "*Sedat Yücedağ Kanalını Satacak mı?*" yazıyordu meşhur bir gazetenin haber başlığında. "*Hükümetin Medya Üzerindeki Etkisi: Sedat Yücedağ*" yazıyordu diğer bir haberde. "*Sedat Yücedağ'dan Büyük Yardım: 300 Bin TL*" yazıyordu bir başka sayfada. Üzerimdeki fil yürümeye devam ediyordu. Hayatın, kötü insanları nasıl da iyi yerlere taşıdığının yüzüme tokat gibi vuran gerçekliğiyle, kendi acımla birlikte tekrar yüzleşiyordum. Kötülük yapan insanların, yaptıkları kötülükleri yok sayıp hayatlarına mutlu mesut devam etmeleri öyle sert, öyle soğuk bir tokattı ki... Siz bazı yerlerde kalakalırken, o insanlar o yerlerde hiç beklemiyor ve ilerleyip hayatlarına devam ediyorlardı.

"Günah," diye düşündüm aniden. Demek ki günah bazı insanların hiç hesabını vermeyecekleri, onlara uzak bir kavramdı. Çünkü bir şeylere "günah" demek, acıların yaşanmasını durdurmuyordu. Günah demek güzel yaşamları kötüleştirmeye, yaşanacakları cehenneme çevirmeye engel olamıyordu.

Haberleri okuyup geçtikçe yüzümde patlayan tokatlar beni daha sonra kendime getirecekti. Bunu üzgünken bile biliyordum... çünkü acı sadece kanatıp acıtmaz, bazen insanı iyileştirirdi de. Hatta acının kendisi bir devrimdi, insan yaşamının en büyük devrimi... Bu yüzden tüm acılara kötü damgası vuramıyordum. Hiçbir zaman da vurmamıştım zaten.

Görsellerdeki aile fotoğraflarına tekrar baktım ve birinde tüm aile üyelerinin yan yana dizilmiş, objektife gülümsediğini gördüm. Daha rahat incelemek için dikkatle ekrana doğru eğildim. Ortada annesi, annesinin yanında Doruk vardı. Annesinin diğer yanında babası ve babasının yanında da Yiğit yer alıyordu. Hepsi çok şık ve güzel görünüyorlardı. Acaba bu dizilim bir tesadüf müydü? Yoksa aslında fotoğraf çekilirken bile yakın bulduklarımızın yanına mı koyardık kendimizi?

Babalarının yüzüne bakamıyordum. Onu es geçerek fotoğrafa bakmaya devam ettim. Yazlıkta yaşadığım şokun etkisi, aileyi rahatça incelememe fırsat tanımamıştı. Bu yüzden Doruk'un abisini evdeki fotoğraflarından sonra ilk kez görüyordum. Yiğit, Doruk kadar olmasa da yakışıklıydı. Gür saçları, parlayan beyaz dişleri, ince ve uzun çenesi ile kirli sakalı vardı. Biraz babasına benziyordu. Bakışları ve duruşuyla onu örnek almış gibiydi. Oysa Doruk hiç babasına benzemiyordu, sanki annesinin bir yansımasıydı. Belki de ben böyle düşünmek istediğim için kendime böyle söylüyordum.

Dışarıdan bakan insanların bu aile için "ne mutlu bir aile" dediğine emindim. Çünkü insanlar fotoğraflardan sadece mutlulukları seyrederdi; acılar evlerde gizlenir, kalın kapılı, yüksek tavanlı odalara kilitlenirdi. Acılar fotoğraflarda asla görünmez, hep silik kalırdı. Baktığım fotoğrafın altında düşüncemi doğrulayan, "*Türkiye'nin böyle aileler görmeye ihtiyacı var,*" yorumuyla karşılaştım. Başka bir okur da "*Örnek aile, çok güzel,*" diye eklemişti. Herkes beğenisini dile getirmişti. Kimsenin insanların mahreminden haberi yoktu. Kimsenin bu adamın bana yaptıklarından haberi yoktu. Acı sadece yaşatanı ve yaşayanı bağlardı. Erkek egemen toplumlarda ise acı sadece yaşayanı bağlardı, yaşatansa unutup giderdi. Susturulan acılardan nefret ediyordum çünkü yaşayan başına gelenleri unutup gidemiyordu. Ben hiçbir yere gidemiyordum. Hiçbir zaman gidememiştim.

Birden Sedat'ı daha fazla araştırmama gerek olmadığını hissettim. Hem neden araştırıyordum ki? Elime hiçbir şey geçmeyecekti. Acım azalmayacak, geçmişim değişmeyecekti.

Aile olmak buysa iyi ki ailem yokmuş, dedim içimden. Gözyaşlarım çoktan durulmuştu. Çocukluğum sağ tarafımda oturmuş, masum bir yüzle, örgülü ve tokalı saçlarıyla bana bakıyordu. Kıpkırmızıydı gözleri. Acının kırmızıya bürünmüş hali...

Derken aniden zil çaldı. Arama geçmişini hızlıca silerek bilgisayarı kapattım.

Doruk gelmiş olmalıydı.

14

Doruk'a kapıyı açmadan önce hızlıca duvardaki aynada yüzüme baktım. Neyse ki yüzümden hiçbir şey anlaşılmıyordu. Ayna ne garipti, ruhunda olan biten her şeyi saklayabiliyordu, hem senden hem de başkalarından.

Kapıyı açtığımda Doruk ellerinde çiçeklerle beni bekliyordu. Sanki az önce yaşadıklarımı hissetmiş gibi bana elinde çiçeklerle gelmişti.

Yüzünde tatlı ve masum bir gülümsemeyle, "Senin için aldım," dedi.

"Çok teşekkür ederim Doruk ama ne gerek vardı?" diyerek ona teşekkür ettim ve kocaman sarıldım. Ona sarılırken aslında kapatmaya çalıştığım yaralarımla daha çok yüzleşiyordum. Doruk'a dokunduğumda hem acılarımı hem de iyileştiğimi aynı anda hissediyordum. Babasının açtığı yarayı oğlu kapatabilir miydi? Babadan oğula geçen nasıl bir duygu zinciriydi bu?

Hayat sanki az önce benim acıma hediye olarak Doruk'u ve güllerini göndermişti. Onun güllerini sadece evimde değil, kalbimde de hissediyordum.

"Sen her şeyin her zaman en güzeline layıksın, bunu biliyorsun değil mi?" dedi. Bu inceliğini annesinden aldığını düşünüyordum. Aysel Hanım her ne kadar Doruk'a karşı ayrımcılık yapmış olsa da genelde erkekler kadınlara nasıl davranılacağını annelerinden öğrenirdi. Her anne gibi yanlışları olsa bile demek ki doğruları da iyi bilen bir anneydi Aysel Hanım. Anne olmak kadın olmaktı –her ne kadar anne olmak zorunda kalan babalar da olsa– ve erkekler için annenin yanı toplumdaki kadın algısının ilk tohumun atıldığı yerdi. Eğer anne çocuğuyla iletişimini sağlıklı kurarsa sağlıklı erkekler yetişiyordu, bundan emindim. Bu bir zincirdi. Annelerin başlattığı kadın algısı zinciriydi. Tüm kadınların kendileri için en mühim, toplu görevi.

"Seni çok seviyorum, çok sağ ol Doruk," diyerek elimde güllerle salona doğru yürüdüm. Güller çok güzel kokuyordu, ılık yaz akşamı gibi... Doruk ceketini holdeki portmantoya asarken, ben de gülleri masadaki vazoya yerleştirdim; içim şükran doluydu.

Tam o sırada Doruk arkamdan sarıldı. Kokusu, güllere rağmen ciğerlerime dolmuştu. Uzun uzun içime çektim ve sonra omzuma yasladığı yüzünü elimle okşadım. Kirli sakalı hafifçe batıyordu ama ben bunu da seviyordum.

"Çok güzeller, değil mi?" diye sordum.

"Hı hı," diyerek cevap verdikten sonra koltuğa doğru yürüdü ve oturdu. "Gel kucağıma şöyle, özledim sevgilimi," diyerek kolumdan çekip beni de kucağına oturttu. Doruk'un kucağı sanırım hayatım boyunca olmak istediğim en güzel yerlerden biriydi. O bunu yaptığında sanki tüm hayatımı kucaklıyormuş, benimsiyormuş ve kabul ediyormuş gibi hissediyordum. Çocuklar büyürken aileleri tarafından kucakta uyutulur, ayakta sallanırlardı. Benim bunları tatmamış, belki de bir aile tarafından hiç kucaklanmamış ve sevilmemiş olmam, Doruk beni kucağına her aldığında kendimi daha iyi hissetmeme sebep oluyordu. Yoksa eksikliklerimizi hissedip oraları tamamlayan insanlara mı âşık oluyorduk?

Ben kucağındayken Doruk koltukta geriye doğru yaslandı. Ben de üzerine doğru eğilip önce saçlarında ve alnında sonra dudaklarında parmaklarımı gezdirdim, ardından dudağına küçük bir buse kondurdum. Bu kadarı ona yetmemiş olacak ki dokundurduğum dudağımı kendine doğru çekip beni uzunca öptü. Dudaklarımız ayrıldığında, "Bugün annemle görüşmüşsünüz," dedi.

Aysel Hanım'ın görüştüğümüzü söyleyip söylemediğini merak ediyordum, demek ki söylemişti. Doruk'a sormama gerek kalmadan onun bu bilgiyi vermesi benim için de iyi olmuştu. Ne olursa olsun beni geren bir konuydu bu.

Doruk hâlâ kurumamış saçlarımla oynarken, "Evet, öyle yaptık. Söyle bakalım ne dedi hakkımda Aysel Hanım? Çok merak ediyorum," dedim heyecanla.

Yüzünde hınzır bir gülümsemeyle, "Çok sevmiş seni," diye cevap verdi Doruk. Gözlerinden, annesinin beni sevmiş olmasından dolayı duyduğu rahatlamayı görebiliyordum. Erkekler hayatlarındaki kadınlarla annelerinin iyi geçinip geçinmeyeceğini çok merak ediyor ve âdeta bunu önemsiyorlardı. Eğer anneleri sevgililerini sevmiyorsa erkekler bu ilişkilere karşı farklı tutumlar geliştirebiliyorlardı. Oysa ne aileler Tanrı'ydı ne de çocuklar ailelerinin düşüncelerinin kölesi.

“Çok güzel vakit geçirdiğini ve benim ne kadar şanslı olduğumu söyledi,” dedi. Bir annenin beni sevmiş olması gururumu okşuyordu. Gerçekten de Aysel Hanım’la iyi anlaşmıştık. Ama ben bu ailede gerçekten var olabilir miydim? Böyle bir ihtimal var mıydı? Zihnimdeki bu sorular şu anki sevincimi bile benden çalıp götürüyordu.

Ona gülümseyerek, “Çok mutlu oldum,” dedim. “Ben de anneni çok sevdim ve seninle olduğum için inan ben de çok şanslıyım,” diye ekledim. Ama tereddütle bir an içimden, acaba ben gerçekten şanslı biri miyim, diye geçirdim.

Doruk da bunu duyduğuna mutlu olmuştu. “Annem kolay kolay kimseyi beğenmez bu arada,” dedi.

Çoğu erkek böyle düşünürdü çünkü çoğu kadın oğullarına karşı kocalarından bile daha kıskanç, daha ketum ve daha saldırgan olurdu.

“Seni beğendiği ve sevdiği için ben bile rahatladım...” derken her an kahkaha atacakmış gibi neşeliydi. Belli ki Aysel Hanım oğlunu hâlâ çok etkileyen bir figürdü. Beni onayladığı için şimdi Doruk da beni daha çok benimsemiş gibiydi.

“Ben beğenilmeyecek biri miyim?” diyerek takıldım. Güldüğüm şey aslında benim için hâlâ karmaşıklığı devam eden, çok komplike bir olaydı. Kendi karmaşamı şakamın içine ne kolay gizlemiştim. Bilinçli bir şekilde kendimi âdeta bir yerlere doğru sürüklüyordum. Gideceğim yerde dalgalar muhtemelen çoktu. Peki, ben boğulacak mıydım yoksa kurtulacak mıydım?

Doruk bana dikkatle bakıp, “Tabii ki çok sevilecek birisin. Takılıyorum işte,” dedikten sonra, beni bir kez daha kendine çekip dudaklarımdan öptü. İkimizin de yüzü gülüyordu.

"Mutlaka bize yemeğe gelmen gerektiğini de söyledi annem," dedi Doruk ve hevesle ekledi:

"Hem bu sefer geldiğinde babamla da tanışırsın artık."

15

Gece Doruk'la beraber uyurken, onun koynunda olabilmemin bu hayatta bana verilmiş bir armağan mı yoksa ceza mı olduğunu düşündüm. Onun göğsünde gözlerimi kapatırken, cezamın içindeki ödülü de ödülümün içindeki cezayı da net görebiliyordum. Ödülüm Doruk'tu, cezam ise babasının benim acımın kaynağı olması. Sanırım hayatta bazı şeyler hep birbirine düğümlenmiş gibiydi, hep iç içeydi... Ona sarılırken bile bunları düşünerek daha ne kadar zaman geçirecektim? Bu karmaşanın içinden nasıl çıkacaktım? Babasıyla nasıl tanışacaktım? Nasıl elini sıkacaktım? Karşısına nasıl oturacaktım? Yapabilecek miydim tüm bunları? Yapacaksam nasıl yapacaktım? Beni tanıyacak mıydı? O bana nasıl davranacaktı? Sorularım cevaplarına kavuşamadan benimle beraber uykuya dalmışlardı.

Uyandığımda Doruk çoktan işe gitmişti. Ben de ofisteki randevum için hızlıca hazırlandıktan sonra yola koyuldum. Arabada yol boyunca Fransız grup Vendredi sur Mer'in

"J'aimerais" şarkısını dinledim. Şarkıya yemyeşil doğa manzarası eşlik etsin istiyordum ama gördüğüm tek şey beton yığınlarıydı. Arabamı resmen gri duvarlar arasında kullanıyordum. İnsanların insanmerkezci yaklaşımı yüzünden, doğanın nasıl da insanın hevesleri, çıkarları ve hırsları uğruna hunharca katledildiğine bir kez daha tanık olurken kırmızı ışıkta aniden durdum. Beklerken, bu insanmerkezci yaklaşımı toplumsal âdet haline getirmenin nasıl vahşi bir şey olduğunu, betonlaşmanın hayatı nasıl da yaşanmaz kıldığını bir kez daha sorguladım. Eğer ekosentrik yaklaşıma uygun, yani merkezine insanı değil, ekosistemi alan bir toplumda yaşasaydık, doğanın ve canlıların dünyada çok daha mutlu olabileceğini görebilirdik, diye düşündüm. Tabii ben bunları tek başıma düşündüğümde bu bilgiler hiçbir işe yaramıyordu. Peki bunları ben biliyorsam, çevreden sorumlu kişiler, devlet yöneticileri, siyasiler hiç bilmiyorlar mıydı? İktidar ve para hırsı gerçekten değerli bilgileri de satın alıp onları da mı yok ediyordu? Bu hırs geleceği de etkiliyor, doğanın ve insanın ilerideki şansını şimdiden mahvediyordu.

Gecikmeden ofise geldiğimde, odama geçip bugünkü randevuya kimin geleceğine dair Öykü'nün odama bıraktığı notları inceledim. Bugünkü danışanımın adı Havva'ydı. 30 yaşında bir ev hanımıydı. Formda işaretlediklerine bakılırsa depresif bir ruh halinde gibiydi. Hayattan ve kendinden nefret ettiğine dair ciddi cevaplar vermişti. Depresyonun halk dilinde kolay, tıp dilinde ne kadar ciddi ve yaşanması zor bir şey olduğunu bildiğimden, artık ne kolay depresyon teşhisi koymayı seviyordum ne de insanların depresyonu önemsiz bir şeymiş gibi görmelerine izin veriyordum. Öykü, Havva'nın geldiğini kapının eşiğinden haber verdiğinde onu içeri almasını söyledim.

Havva içeri girdiğinde gözleri şişti ve tabiri caizse beti benzi atmıştı. Sanırım her şey en kötüye gittiği zaman psikoloğa gelmeyi seçenlerdendi; her şey artık sınıra geldiğinde, uçurumdan düşmeye ramak kala...

Zoraki ve hüzünlü bir gülümsemeyle, "Merhaba," dedi.

Havva'yı ayakta karşılarken, "Merhaba, ben Derin, hoş geldiniz," diyerek oturması için ona koltuğu gösterdim. Yavaş hareketlerle koltuğa geçip oturdu. Gerçekten iyi görünmüyordu, dokunsam ağlayacak gibiydi.

Oturduğunda önce başındaki başörtüsünü düzeltti. Düzeltirken gördüğüm saçlarının rengi parlayan güneş sarısıyla kahverengi karışımıydı.

"Nasılsınız?" diyerek konuşmayı başlattım.

"Pek iyi denemez sanırım," diyerek sakince cevap verdi. Çok konuşkan birine benzemiyordu ama nedense konuşkan durmayanların biraz üzerlerine gittiğimde anlatan insanlara dönüştüklerini gözlemlemiştim. Aslında suskun olmak, konuşmak istememek değildi; belki konuşacaklarını paylaşacak birini bulamamaktı, zamanını belirleyememekti.

"Sorun nedir? Elimden geldiğince size yardım etmeye çalışacağım," dedim.

"Mutsuzum. Hayatta hiçbir şeyimin bana ait olmadığını hissetmeye başladım."

Buruk bir hayat hikâyesi dinleyeceğimi Havva'nın gözlerinden anlamıştım. Benim araya girmeme gerek duymadan konuşmasına devam etti.

"Nereden başlasam bilmem ki... Yine de bir yerden başlasam iyi olacak sanırım," dedi. Kendisini hazır hissedene kadar onu bekledim, sonra yüzüme baktı ve yavaşça bana doğru dönüp duraklayarak konuşmaya başladı.

"Önce... Derin Hanım... şöyle anlatayım... Van'da doğdum ben, bundan 30 yıl önce. Ama nasıl bir doğum bir bilseniz... Yeri göğü inletmiş benim doğumum... çünkü annem ölmüş ben doğunca. Benim doğumum onun ölümüne neden olmuş. Öyle bir doğummuş ki bu, kıyamet etkisi yaratmış bizim ailede. Sokaklarda inlemeler, feryatlar; evlerde yangın hali. Babam bir elinde abim, diğer elinde ben, acının çukuruna düşmüş resmen. Benim yüzümden, ben doğdum diye. Annem ev hanımıymış, riskli bir doğummuş aslında ama bizim oralarda bilim milim hak getire... Bilememişler. Çok sonradan öğrenmişler. Anlayacağınız yer gök acı olmuş ben doğunca. Abim de 6 yaşındaymış o sırada. Sene 90'lar işte... Van pek gelişmemiş bir yer, babam da işçilik yapıyormuş o zamanlar. Kıt kanaat geçiniyormuşuz. Biraz karışık anlatıyorum ama anlıyorsunuz, değil mi?"

"Tabii, devam edin lütfen."

"Acıyla nasıl baş edeceğini şaşırmış babam. Van ona hep bu acıyı hatırlatacak diye korkmuş, almış bizi İstanbul'a getirmiş. Sanki burada her şey çok güzel olacakmış gibi... İstanbul'u umut kapısı bellemiş. İçinde iyi insan yoksa şehirler insana yardım edebilir mi?"

Biraz duraksayıp derin bir nefes aldıktan sonra, devam etti.

"Ne diyordum? Hah, burada bir iş bulmuş. 14 yaşına geldiğinde abimi de bir inşaatta çalıştırmaya başlamış. İşçilik yapmışlar, beni de hep bir yerlere, genelde komşulara falan bırakmışlar. Abim de bu esnada, yani biz büyürken benden hep nefret etti. 'Senin yüzünden oldu,' dedi her gün. 'Senin yüzünden it gibi çalışıyorum, senin yüzünden hayatımız darmaduman oldu, senin yüzünden işlerimiz kötü gitti, uğursuzsun sen, hayatımızın içine ettin!' diye konuşup durdu yıllarca. Babam da uyarmadı hiç, abim öyle konuşurken uzaktan uzaktan izledi onu. O da katılıyordu abime, bunu hissediyordum... Sadece sesli dile getirmiyordu. Karşı çıkmamak, konuşulanlara katılmak, onları onaylamak demek değil midir sizce de Derin Hanım, söyleyin bana? Ben hep bu karanlık cümlelerin ortasında bir ışık aradım kendime. Ama kimsem yoktu. Komşumuz vardı bir tane, işte o bahsettiğim komşulardan biri, Neriman Teyze. O bakıyordu bana ama o da zar zor, mecburiyetten. Biraz yemek yedirip odaya kapatıyordu beni. Ne televizyon vardı ne bir ses. Sadece çamaşırların olduğu bir odaya bırakıp gidiyordu. Saatlerce orada durup abimin gelip beni almasını bekliyordum, sanki gideceğim yer olduğum yerden iyiymiş gibi. Ne yapayım o odalarda dura dura Allah'ıma sığındım ben de. Gerçi sonra ona bile karıştılar..."

İçimden yükselen ahlarla dinliyordum Havva'yı. Doğumu zor olmuştu belki ama yaşamında zorluklar artarak devam etmişti. Daha doğumuyla başlayan suçluluk psikolojisi kimbilir Havva'nın ne çok senesini canı acıya acıya geçirmesine sebep olmuştu. Kimbilir o bırakılan odalarda kendinden ne kadar süre nefret etmişti... Ve öbür tarafta, babasının zihninde kimbilir nasıl travmalar vardı. Göç, doğum, parasızlık, işçilik, ölüm, ruha kurulan "babalık" inşası... dahası iki tane çocuk. Belli ki Havva iklimi sert bir yaşam sürerek gelmişti bugünlere. Herkesin yaşam iklimi farklıydı; kimi sıcak, kimi ılık, kimiyse buz gibi soğuk. Havva'nınki çok sert bir iklimdi. Onu merakla dinlemeye devam ettim.

"Abimle ben İstanbul'da büyüdük ama ne tam buralı ne de başka bir yere ait olabildim. Kafama bu başörtüsünü, zihnimin içine de bir sürü inanmadığım, hep şüphe ettiğim ama söyleyemediğim bilgiyi koydular, zindan ettiler bana yaşamı. Her şeyden hep beni sorumlu tuttular Derin Hanım... Başörtüm, başörtülü olmayan kadınların beni dışlamasına sebep oldu, bu yüzden okumak isteyip okuyamadım, abimle babam gibi cahil kaldım. Gerçi ben ne yapıp edip kitaplar okudum. O komşumuzun çamaşır odasında kitaplar da vardı. Odanın bir köşesinde saatlerce kitaplar okurdum. Belki onlar geliştirmiştir biraz beni, ne bulsam okurdum çünkü..."

Ağlamaya başlamıştı Havva, ona peçeteliği uzattım. Bütün hayatı gözlerinin önünden geçiyordu şimdi. Düşündüklerim çıkmıştı, merhameti bilmeyen insanların acımasızlığıyla büyütülmüş ve suçlanmıştı Havva, hem de suçsuz yere. Sanki ona bu doğumu sormuşlar gibi, büyürken de kırıp dökmeye devam etmişlerdi. Aile yetmemiş, toplum da bir sürü sebeple dışlamıştı onu.

"Şimdi çıkarmak istiyorum başörtümü, çıkaramıyorum. 14 yaşında soktular beni başörtüsüne. Babamla abim yüzünden. Çıkarmayı ima ettiğimde bile bağırmaya başlıyorlar bana. Hayır, benim inancım yok değil ki var, çok şükür. Allah'ıma hep dua ediyorum ama... İstemiyorum başörtüsünü. Abim evde, 'Yanacaksın çıkarırsan, saçlarından asacaklar öbür tarafta, erkekleri tahrik etmeye hakkın yok, kendine gel,' diyerek üzerime geliyor. İyice darlanıyorum Derin Hanım. Allah hiç saçları tavana asar mı? Ben hep onun merhametine sığındım Derin Hanım. Bambaşka bir inançla benim inancımı değiştirmeye çalışıyorlar. Onlar yüzünden üniversite bile okuyamadım ben," diyerek ağlamaya devam etti Havva.

Kadın olması yüzünden de suçlanmıştı Havva, eğitimine devam etmesine bile izin verilmemişti. Kadının gelişiminden korkan erkekler dünyanın en tehlikelileri, en acizleriydi çünkü kendi bilgisizliklerinden güç alıyorlardı. Eğitimli kadınlar onlara tehditti. Başkasının inancını kendi inancı doğrultusunda belirlemeye çalışanlarsa en zorlu olanlardı çünkü kul ile Yaradan arasına girip hadlerini aşıyorlardı.

"'Okuyup ne yapacaksın sen? Liseyi okudun yeter,' dediler. Oysa zaten zar zor geçiniyorduk, onlara katkı sağlarım diye düşündüm. Beni eve hapsettiler. İkisi de çalışıyor ama ben buraya bile gizlice geldim..."

Birden sustu Havva. Yüzü öyle masum ve güzeldi ki gülerken de güzel göründüğünden emindim.

Havva'yı dinlerken, dinsel baskının masum bir şeymiş gibi empoze edilip kadınları kuşlar gibi kafeslere hapsettiğini görüyordum. Neden kadınlara dini hep erkekler öğretiyordu? Neden kadınlar başka kadınlardan ya da kendi başlarına değil de erkeklerden öğreniyorlardı dini? Ailede babadan, abiden, televizyonda ise hep erkeklerden...

Eğer bir kadın başörtüsü kullanmak isterse bunu hür iradesiyle kendi kullanmalıydı. Ne ailesinin zoruyla ne de toplumun... Ama sanki iki tür inanç vardı. İlkindeki insanlar, sadece Tanrı'ya inanıp onunla kendi mahreminde yaşadığı bir bağ kuruyordu. Bu insanlar öyle bir bağ kuruyorlardı ki başkalarının inançlarıyla değil, sadece kendi inançlarıyla ilgileniyorlardı. Onlar için başkaları yoktu, sadece Yaradan ve kendileri vardı. İkincisinde ise Tanrı'ya inanırken, Tanrıcılık oynama vardı. Tanrı'ya inanırken bir yandan da Tanrı olmaya çalışıyorlardı. Yani kendi inançlarını sizin inancınızın önüne koyup her zaman sizi izliyor ve hadsizce yargılıyorlardı. Sanki kendileri hiç yoktu, hep başkaları vardı. Başkalarının günahları, sevapları ve inanç dereceleri... Kendi inançlarından ziyade başkalarıyla ilgileniyorlardı bu insanlar. Bu yüzden Tanrı'ya inananlar değil, Tanrıcılık oynayan insanlar çok tehlikeliydi. Ne yazık ki sayıları da çoktu.

Havva da Tanrıcılık oynayan insanların arasına düşmüştü ve hiçbir şeye "benim kararım" diyemiyordu. Havva'nın kendi kararları değil, abisi ile babasının kararları onun zindanı olmuştu ve o zindan da yaşamı.

"Kolay şeyler yaşamamışsınız ama ben güçlü bir Havva da görüyorum burada," diyerek sözlerime başladım. "Gördüğüm öyle bir kadın ki sizi o evden çıkarıp buraya getirmiş. Demek ki artık değişiminiz başlamış. Siz artık başkalarını değil, kendi söylediklerinizi duyarak hayatı yaşama kararı almışsınız."

Havva elindeki peçeteyle gözlerini sildi. "Haklısınız. Ama nasıl yapacağımı bilmiyorum."

"Eğer babanız ve abinizle konuşarak bunu çözemiyorsanız, kendi ayaklarınızın üstünde durmaya başlayarak çözeceksiniz. Bir iş arayabilirsiniz mesela."

"İzin vermezler. Hem okumama izin vermediler, çalışmama mı izin verecekler?"

"Hiç eve katkı sağlayacağınızı onlara söylediniz mi?"

"Hayır, eve katkı sağlarım diye çalışmak istediğimi onlara söylemedim."

"O zaman önce eve katkı sağlamak için çalışmak istediğinizi söyleyin. Böylece iş bulduktan sonra hem eve katkı sağlamış olursunuz hem de kendi ayaklarınızın üstünde durmaya başlarsınız. Çünkü bağlılığınız sadece manevi değil, aynı zamanda maddi de."

Ekonomik özgürlüğünü sağlamak büyük bir adımdı. Havva'nın kendisini iyi hissetmesi için buna çok ihtiyacı vardı. Belki ekonomik özgürlüğünü sağlarsa hapsolduğu o kafesten de çıkıp özgürleşebilirdi.

"Öbür konuya gelirsek, sizin doğumunuz hata değildi Havva Hanım. Biz isteyerek bu dünyaya gelmeyiz, yani hiçbirimiz yaşam hakkında bir bilgimiz olmadan doğuveririz dünyaya," dedim.

Havva'ya açıklarken kendi doğum koşullarımı hatırladım. "Kaderdaş" diye bir kelime varsa, Havva'yla biz kaderdaştık aslında ve belki de bu yüzden çok ısınmıştım ona. Onu o kadar iyi anlıyordum ki.

"Ailelerimiz bize dünyaya gelmek istiyor musun diye sormazlar, öylece geliveririz. Hayatın ortasına ağaçtan düşen elmalar gibi düşüveririz, tıpkı birden yağmaya başlayan yağmur gibi. Yaşam birdenbireler üzerine kuruludur."

Havva yüzünde hafif bir gülümsemeyle sözlerimi dinlerken, "Aslında arada sırada böyle düşündüğüm oluyordu ama sizden duymak daha iyi geldi," dedi. Biraz duraksadıktan sonra, "Kendimi suçlamayayım, değil mi?" diye sordu.

"Asla suçlamayın. Annenizin ölümü, bilimsel bilgilerin eksikliğinden kaynaklanan bir ölümmüş. Belki o dönemlerde daha çok şey bilinebilseydi, annenizin ölümü de önlenebilirdi. Ama siz daha doğmamıştınız bile, nasıl suçlu olabilirsiniz? Bir can hayata gözlerini açtığı anda nasıl suçlanabilir?"

Havva pürdikkat beni dinliyordu. Belli ki bu cümleleri işitmeye ruhu da kulakları da açtı.

"Belki babamla abime eve katkı sağlayacağımı söylersem çalışmamı kabul ederler. Peki ya başörtüm hakkında ne düşünüyorsunuz, sizce çıkarmak istemem günah mı ya da suç mu?" diye sordu.

Profesyonel bir yaklaşıma sahiptim ve psikolog kimliğim dinsel boyuttaki günah sevaplarla ilgilenmiyordu. Çünkü bir psikolog objektif olmalıydı ve sadece bilimle alakalı yorumlar yapmalıydı. Din ve psikoloji ilişkisine dair de çok şey biliyordum ama Havva'nın kendi sorgulamaları sonucu ulaşacağı yere, benim bilgilerimden daha çok ihtiyacı vardı.

"Günah, sevap; biz psikologlar bunlarla ilgilenmeyiz Havva Hanım. Bunlar bilimin araştırma konuları değildir. Bir kadın dini bir emir olduğu için başörtüsü kullanabilir. Bir diğeri ise inancını ve Tanrı ile bağını farklı bir şekilde dışavurabilir. Bir başkasıysa, tarihsel olarak yaklaşıp tahrikin beyinde bittiğine ve saçları örtmenin geçmişte Asurlular döneminden bir Asur kralının halkına verdiği bir öğüt olduğunu okuduğu için örtünmemeyi seçebilir. Din kişiseldir, bilgi kişiseldir, siz kendinizi hangi bilgiyle mutlu hissederseniz onu yapmakta özgürsünüz," dedim.

İnsanların dini inançları aslında hangi bilginin içinde ruhlarını daha rahat hissettikleriyle alakalı olmalıydı. Çünkü bilgi cennet gibi de hissettirebilirdi, cehennem gibi de. Seçim kişinin olmalıydı, anne babanın, toplumun ya da bir psikoloğun değil.

Havva düşünceli gözlerle, "Teşekkür ederim," dedikten sonra yavaşça yerinden kalktı.

"Rica ederim," diyerek ben de kendi koltuğumdan kalktım. Son birkaç cümle daha söylemek istedim.

"Havva adı hayat kelimesinden geliyor, yaşamdan. Bilin ki siz hep hayatın içindesiniz, yaşam ışığınız adınız gibi hep var; bunu hiç unutmayın, olur mu?"

Normalde danışanlara böyle kişisel cümleler kurmazdım ama Havva'nın hikâyesini kendi hikâyeme benzettiğimden, söylediklerime sevineceğini, bunun ona iyi geleceğini düşündüm. Çünkü eminim hâlâ bir yerlerde kendini yasak elmayı ısırmış gibi suçlu hissediyordu.

"İsmimin anlamını biliyorum. Ben bundan sonra ceza çeken Havva'yı değil, ödüllendirilen Havva'yı yaşayacağım. Tekrar teşekkür ederim size," diyerek odamdan çıkarken geldiğinden beri Havva'nın rahatça gülümsediğini ilk kez görmüştüm ve içinde âdeta yaşam gizliydi.

16

Havva gittikten sonra odanın rengi griye boyanmıştı. Bir süre tüm renkleri unutup her şeyi gri görmeye başladım. Bazı insanlar hayatı böyle görüyordu. Kafesler içinde büyütülenler, cehennemle korkutulanlar, baskı altında olanlar, bir başkasının istekleriyle hareket etmek zorunda kalanlar renklerin güzelliğini, çeşitliliğini, farklılığını idrak edemeyip yaşamı sadece gri görüyorlardı. Öyle ki bu insanlar için evler gri, kıyafetler gri, insanlar gri, arabalar gri, sofralar gri, bulutlar gri, kitaplar griydi. Onların gözü çeşitliliğe kapalıydı, sadece gri var zannediyorlardı. Griden kurtulmak isteyen bazısının bir tarafı beyazı görmek için gayretle uğraşırken, diğer tarafı da onu ısrarla siyaha çekmeye çalışıyordu. "Öyle bir şey yok!" derdi siyah, "Sakın bakma oraya!"

Onlar da bu ikiliğin arasında, arafta; ne her rengin içinde biraz olan beyazın tadına varabiliyorlardı ne de siyahla mutlu olabiliyorlardı. Bu yüzden grinin içinde taşıyorlardı hayatlarını.

Birden onun gidişiyle ben de kendimi sorgulamaya başladım. Çocukluğumdan beri bitmek bilmeyen sorularımı Havva yeniden uykudan uyandırmıştı. Tanrı neredeydi? Aklımın içinde mi? Evrenin içinde mi? Yaşamın kıyısında mı? Merkezinde, ortasında mı?

Yukarıda, göklerde mi? Aşağıda, toprakta mı?

Yoksa önümde, yolumda mı? Kitaplarda mı yazılıydı? Yoksa ağaçlara, insanlara, yaşamın içine mi saklanmıştı? Ancak öyle mi okunurdu, görünürdü insana?

Tarihte insanlar birçok şeyi Tanrı olarak sembolize etmiş ve onu istedikleri gibi şekillendirmiş, sonra bazısı onu yok etmiş, bazısı da günümüze taşımıştı. Nasıl insan beyni evrim geçirmişse, bazı Tanrılar da tarih yolculuğunda evrim geçirmişlerdi. Kimi güneş demişti ona, kimi toprak, kimi dünya; kimi kadın, kimi erkek diye adlandırmış, kimi de hiçbir cinsiyet vermemişti. Bazılarıysa "yok" demişti Tanrı'ya... Ama yok diyenler bile, önce varlığını kabul ettikten sonra yokluğunu kabul etmiyorlar mıydı?

Tanrı bu yüzden bazısına yakın, bazısına uzak, bazısına şüpheli, bazısına yabancı, bazısına da kalpten ve kuvvetle yakındı. Milyarlarca insanın milyarlarca Tanrı'sı vardı.

Benim içinse Tanrı doğaüstüydü. Rubinstein'a atfedilen bir söz Tanrı inancımı ifade edecek kadar yakındı bana: "*Tanrı'ya inanıyor muyum? Hayır, ben ondan çok daha yüce bir şeye inanıyorum.*"

Kolektif şekilde kitlelerin psikolojisine "aynı" şekilde yerleşen Tanrı figürü, benim biricik Yaradan inancımla bağdaşmıyordu. Çünkü aslında Tanrı kişiye onun istediği gibi görünürdü. Nasıl Havva'nın Tanrı'sı ile babasının ve abisinin Tanrı'sı farklıysa, farklı farklı Tanrı anlayışları vardı. İnsanların bir kısmı nefretle, ötekileştirmekle, kızgınlıkla bağdaştırıyordu Tanrı'yı, diğer kısmı sevgiyle, birlikle, güçle, iyilikle bağdaştırıyordu. Kiminin Tanrı'sı ona karışır, hep yanı başında durur, kimininki de onu uzaktan izler, çok karışmazdı.

Benim Tanrı'msa ne dışarıda ne de yukarıdaydı. O sadece sevgideydi, Tanrı'mın içimdeki yeri sevgiyle kurulan hem narin hem de güçlü bir yerdi.

Belki de hayatım boyunca hiç bitmeyecek bu sorgulamalarım devam ederken, Lidya kapımı çaldı.

"Girebilir miyim?" dedi.

"Tabii ki! Gel otur," diyerek onu eski günlerde ders aralarında yanıma geldiğindeki gibi sevinçle karşıladım.

Danışanlarımın oturduğu, karşımdaki koltuğa geçti.

"Nasılsın? Nasıl gidiyor her şey?"

"İyi gidiyor, sen nasılsın?"

Lidya şarap kırmızısı elbisesiyle çok güzel görünüyordu.

"İyi benim de. Sen cidden iyi misin? Mühim durumlar nasıl?"

Kastettiği "asıl" anlamı bilmeden gülümseyip başımı sallayarak cevap verdim. Gülümseme bazı cümlelerin yerine geçecek kadar güçlüydü. Onay taşıyordu. Güven taşıyordu. Anlayış taşıyordu. Ama tabii sadece içten, yürekten gelen gülümsemelerin bu gücü vardı.

"Tolunay'ı diyorum. Ondan bir haber var mı?" diye sordu sonunda.

Tolunay, bana yaşattığı şoktan sonra hayatımdan o kadar gitmişti ki gidişi sadece fiziksel değildi, tamamen aklımdan da çıkmıştı. Yaşananlardan sonra onu unutmak zor olmamıştı. Çünkü eğer birinin hatası sevgisinden büyükse zaman da size yardım eder, unutmanızı kolaylaştırırdı. Büyük hatalar affedilmemeli, insanları unutmaktan korkulmamalıydı. Büyük hatalar insana sadece büyük acılar değil, sonrasında mutlaka büyük hediyeler de getirirdi.

"Ne haberi olacak? Artık umurumda değil, Ece'yle dava süreci devam ediyor. Arada Ece'yle de konuşuyoruz, durumu takip ediyorum. Onun dışında adı bile aklıma gelmiyor. Onu umursamam kendime hakaret olur. Yanlışı çok olan birini unutmak az zaman alır, sen de bilirsin," diye cevapladım sorusunu. Bu hislerimde samimiydim.

Lidya, Tolunay'ı bu kadar çabuk unutmuş olmamı büyük ihtimal Doruk'a bağlayacaktı, sanki gözleri de öyle söylüyordu ama Doruk bana yardım etmiş olsa bile hiçbir şey onun sayesinde değildi. İnsan insana iyi gelirdi ama başka birinden kalan yarayı önce kişi kendi kendine tedavi etmeliydi. Ben de öyle yapmıştım. Doruk, bu acının üstüne bana gelen bir hediyeydi sadece. Gerçi şimdi hediye olup olmadığını bile sorguluyordum ama... En azından Tolunay'dan sonrası böyle gelişmişti.

"Anladım, seni iyi gördüğüme sevindim. Doruk'la da her şey yolunda, değil mi?" diye sordu bu kez. Evet cevabını alınca daha fazla uzatmadı ve benden üzerine çalıştığı kişilik çatışmaları konusuyla ilgili kitap istedi. Ona ofisteki kütüphanemden işine yarayabilecek birkaç kitap verdikten sonra danışanına yetişmek için hızlıca çıktı.

Lidya'nın gidişinin ardından masama oturup ev yolumun trafiğini kontrol etmek için telefonumu açtığım anda ekranda Doruk'un adını gördüm. Telefonu çabucak açıp, "Efendim?" dedim.

"Nasılsın, bitti mi bugünkü işlerin? Ben seni çok özledim, tüm günümü yatakta yanında uzanıp gözlerinin içine bakarak seni seyretmeyi hayal ederek geçirdim," dedi.

Doruk'un sesi sadece kelimeleri değil, huzuru da taşıyordu beraberinde. Söyledikleri güzel kitapların insanın içini okşayan cümleleri gibiydi. Kelimeler bazen kollardan önce sarılabiliyordu insana.

"Evet, bitti işim. Birazdan çıkacağım. Tam trafik durumunu kontrol ediyordum ki sen aradın. Ben de seni çok özledim," diye cevap verdim.

Doruk aklıma düştüğünde kafamın karışıklığından dolayı ona dair huzurlu özlemler değil, acı veren ve düşündüren özlemler yaşıyordum. Özlem bile çeşit çeşitti bu hayatta.

Birden, "Hiç trafik durumunu kontrol etme, çünkü birazdan seni alacağım," dedi.

"Aa, neden? Arabamla gelmiştim, kendim dönerim," dedim şaşkınlıkla.

Beni dinlemeden heyecanla devam etti. "Çünkü seni bu gece biriyle tanıştıracağım. Artık vaktinin gelmiş olduğunu düşünüyorum."

Bir anda sadece susmadım, âdeta hızlıca uykuya dalmış gibi sessizliğe gömüldüm. Neredeyse nefesim bile durmuştu. Dörtnala koşan atlar gibi soruyla cevap arasında soluk soluğa düşünüyordum.

"Orada mısın? Derin, sana diyorum."

"Buradayım," diyebildim nihayetinde.

Bir yerlerdeydim ama o yer neresi bilmiyordum. Heyecan, korku, şüphe, acı... hepsi beraber ruhumda el ele tutuşmuş, boş boş bakarak karşımda oturuyor gibiydi. Benden çözüm bekliyorlardı.

"Beni kiminle tanıştıracaksın?" diye sordum korkarak.

Bu kadar hızlı mı olacaktı? Gerçek duygularımı Doruk'a belli etmemek için çok çaba sarf etsem bile ne kadar profesyonel ve doğal olabildiğimi bilmiyordum. Buna biz değil, hep başkaları karar veriyordu zaten. Bu yüzden hayata karşı hep provasızdık, en hazırlıklı olduğumuzu düşündüğümüz anlarda bile...

Sesimden hissettiğim rahatsızlığı anlamamış olacak ki "Gidince görürsün," dedi ve "Yarım saate oradayım. Hem altdudaktan hem üstdudaktan öpüyorum çok," diye ekleyerek telefonu kapadı.

Hazır olup olmadığımı bilmiyordum. Hayat, hazır olup olmamamla ilgilenmiyordu. Çünkü yüzleşeceklerim çoktan yola çıkmış, bir yarış atı gibi süratle üzerime doğru koşmaya başlamıştı artık...

17

Doruk gelene kadar kafamdan geçenler tam olarak neydi? Neye benziyordu? Duygular da hep bir şeylere benzerdi, hayatın içinden, tam merkezinden alırdı benzerliklerini. Mesela bir metropolün ne olacağı önceden kestirilemeyen tekinsiz arka sokaklarında tek başına yürümek gibi bir korku muydu şimdi hissettiğim? Yoksa mahkemede oğlunun katiliyle ilk kez yüzleşecek bir annenin duyguları mıydı içimde barındırdığım?

Kaçtıklarım mıydı, bir şeyden kaçınma duygusu muydu bu? Ya da artık kaçamama duygusu mu? Belki de yakalanma... Bir şeylere çırılçıplak, savunmasız ve daima bir başına yakalanma.

Duygular öyle sınırsızdı ki hangi duygu ne zaman ortaya çıkacak, sular ne zaman durulacak, ne zaman berraklaşacak, akıntı ne zaman kaybolacak insan bir türlü bilemiyordu. Bir dipsiz duygu kuyusuydu hayat. İçinde oradan oraya sürüklenip duruyordu insan. Her şey olacağı gibi oluyordu ama insana hep belirsizlik kalıyordu. Yani ne yönetendiniz ne yönetilen... Ne padişahtınız ne köle... Ne sürücüsüydünüz arabanın ne de sadece yolcusu.

Bazen hayat işte böyle "ani" kararlar alırdı sizin yerinize. Sizin yerinize konuşanlar olurdu bu yüzden. "O bilmiyor ne istediğini," derlerdi mesela. Bir diğeri hemen atlar, "Ben onun yerine söyleyeyim," derdi çat diye. Sormazlardı size hiç, siz ne istiyorsunuz, neyi tercih edersiniz, nerede mutlu olursunuz ya da daha önemlisi, alınan karardan mutsuz olur musunuz? Mesela mutlu olduğunuzu sorulurdu da "Mutsuz oldun mu bu durumdan?" daha az duyulurdu bu hayatta. Çünkü başkalarına yaptıklarımızın hep mutluluk verici olduğunu düşünürdük, birilerini kırmayı kendimize hiç yakıştırmazdık. İyiliği öven, iyi biri olduğumuzu hissettiren şeylere bağımlıyken, yanlış düşünebildiğimizi, yanlış davrandığımızı söyleyen diğer şeylere yüz vermezdik pek. Dünya gitgide hoşgörüyü kaybederken, iyi insanlara rast gelmek de daha zorlaşıyordu bu yüzden.

Doruk, arabaya bindiğimde bana kocaman sarıldı. Hem kollarıyla hem de yüreğiyle. Beni beklerken arabayı yolun kenarında bir yere park ettiğinden, uzun uzun sarılma fırsatımız olmuştu. Eğer bu sarılma yolun biraz ortasında olsaydı, bizim aşkımız İstanbul'daki sürücülerin en son umursayacağı şey olurdu çünkü herkesin acelesi vardı bu şehirde, her gün ve her saat... Aşkın önemi de, değeri de, yaşanma biçimi de azdı, değersizdi burada. İki insanın sarılıp öpüşmesinden rahatsız olanlar iki insanın kavga etmesinden keyif alırlardı, kargaşayı pürdikkat izlerlerdi mesela.

"Nasıl geçti günün?" diyerek arabayı çalıştırdı Doruk.

"Güzeldi. Çok yoğun değildi bugün, bir seans yaptım sadece. Senin günün nasıldı?"

"Bizim iş çok yoğundu, oradan oraya koşturdum. Bir toplantıdan çıktım, oradan diğerine... Bir de bazen iş bilmeyen insana iş anlatıyorsun. Ama neyse ki şimdi gideceğimiz yer öyle güzel ki ikimize de çok iyi gelecek, gör bak."

Nereye gideceğimizi bilmemenin gerginliği içimde devam ediyordu.

"Nereye gidiyoruz peki? Hayır, üstüm başım gideceğimiz yere uygun mu onu bile bilmiyorum. Bari eve uğrasaydık," dedim.

Doruk benim gerginliğimin aksine çok rahattı ve bu sesine de yansıyordu.

"Gayet şıksın ve merak etme, gideceğimiz yere de uygun görünüyorsun. Ayrıca sen her koşulda her ortama girebilecek bir kadınsın. Ama nereye gideceğimizi söylemeyeceğim, sürpriz olsun istiyorum," diyerek beni rahatlatmaya çalıştı.

Söylediği güzel şeyler ruhumu okşamış olsa da içimdeki gerginliği hiçbir şey azaltamayacak gibiydi. Ruhumdaki gerilim filmi oynamaya devam ediyordu. Belli ki bu filmde hiç ara olmayacaktı.

Ama Doruk'un ne oynadığı rolden haberi vardı ne de benim tekrar tekrar izlemek zorunda bırakıldığım filmden. Acaba hayat da bizim yazdığımız senaryolar gibi miydi? Mesela şimdi ben de zihnimde bir senaryo yazmıştım kendime. Olacakların senaryosunu bile zihnimizde tasarlıyorduk acemice. Korkularımız yazıyordu bazen bu senaryoyu, bazen acılarımız, bazen sevinçlerimiz, bazen hayallerimiz. Ama illa bir senaryo hazırlıyorduk zihnimizde, istemsizce.

"Teşekkür ederim güzel sözlerine ama n'olur söylesen gideceğimiz yeri, ölürsün sanki!" dedim.

"Söylemeyeceğim, gidince göreceksin," diyerek kucağımda duran ellerimi alıp dudaklarına götürerek öptü. Bir eli direksiyonda, diğer eli benim elimin üzerinde araba kullanmaya devam ediyordu.

"Hiç öpücük yok mu bana?" dedi Doruk, küçük çocuklar gibiydi. Erkekler hep böyleydi, çocuk kalıyorlardı ve hepsi değil muhakkak ama bazısı zor olgunlaşıyordu. Ve biz kadınlar bu erkeklerin çocuk kalışlarına da âşık oluyorduk bazen. Çünkü onları anne gibi büyütmeyi "kadın" olmakla, "eş" olmakla eşdeğer tutuyorduk. Yanlış olsa da bu rolü üstlenmeyi birçoğumuz durduramıyorduk.

"Gideceğimiz yeri söylersen neden bir öpücüğü hak etmeyesin?" derken onu daha fazla zorlamaktan ve gerginliğimi hissettirmekten korkarak endişeyle vereceği tepkiyi bekledim.

"Öpücüğü hak etmek ha," dedi ve yavaşça elini elimden çekti.

"Gidince göreceksin dedim, amma uzattın Derin," derken sinirlenmişti artık. Sonuçta beni kötü bir yere götürecek değildi ya... Tabii kendince! Halbuki istemeden de olsa çok kötü, çok yanlış yerlere götürüyor olabilirdi beni. İçimdeki depremleri bilmediği içindi hepsi. Nereden bilebilirdi ki? Ona daha fazla yüklenmemeliydim. Hayat hiçbir zaman dümdüz ilerlemiyordu işte. Görünenle, görünmeyen farklıydı ve yaşam bu farkı bilen insanların üzerlerine hep ağırlık yüklerdi. O ağırlığın sorumlusu Doruk olmadığından, ona uzanıp, "Tamam, sen öyle diyorsan öyledir," dedim ve dudağına bir öpücük kondurdum.

Yol bizi İstanbul'un en renkli ve en güzel semtlerinden birine, Karaköy taraflarına götürüyor gibiydi. Çünkü Beşiktaş'ı çoktan geçmiş, Akaretler'i ise geçmek üzereydik. Yayalar yine onlar için yanacak yeşil ışığı bile beklemeden, arabaların önlerine atlayıp gidecekleri yerlere koşturuyorlardı. "Koş, koş, koş", "Çabuk!" ya da "Aman dikkat!" hep bu sesler geliyordu yolun kenarındaki insanlardan. Onlara bakarken, bu aciliyetin gittiğim Avrupa ülkelerinde daha az olduğunu fark ettim. Mesela Almanya'nın Köln şehrinde psikoloji eğitimine gittiğim zamanlarda, oradaki insanları gözlemleme fırsatı bulmuş, hep daha sakin ve daha acelesiz yaşamlar sürdüklerine şahit olmuştum. Almanya'daki insanlar, arabasız yollarda bile kendilerine kırmızı yandığında bekliyorlar ancak yeşil yandığı zaman karşıdan karşıya geçiyorlardı. Oysa İstanbul öyle miydi? Bazıları için trafik ışıklarının neredeyse hiç önemi yok gibiydi. Sanki acele davranmazsanız İstanbul sizi ağzına alıp yutacaktı. Ama her şeye rağmen bir büyüsü vardı İstanbul'un. Ne olursa olsun, kendisine ne kadar kötü davranılırsa davranılsın hiç kaybolmayan renkli bir büyüsü...

"Sanırım Karaköy taraflarına gidiyoruz," dedim sahilden ilerlediğimizi fark edince.

"Evet, artık biraz yaklaşıyoruz," dedi Doruk. Karaköy taraflarına gelmiştik. Arabayı park ettikten sonra, "Biraz yürüyelim istersen," deyince bir an rahatlamış hissettim.

"Olur. Buraları gezmek bana hep iyi gelir," dedim.

Karaköy'de gezerken İstanbul'un, yaşanmışlıkları, çeşitlilikleri, farklılıkları, aykırılıkları nasıl da bünyesinde bir arada barındırdığını ve bunu yaparken nasıl da zorlandığını düşündüm. Çünkü ülkenin en kalabalık şehriydi İstanbul ve Türkiye'nin en mutsuz çocuğuydu sanki. Şehirler ülkelerin çocukları gibiydi benim gözümde. Kimi daha mutlu, daha özgür, daha anlayışlı, daha modern ve medeni, kimi de daha geleneksel, daha katı ve daha soğuk... O çocuklardan bazıları da hep hüzünlü, hep travmalarla doluydu.

Doruk'la el ele gezerken bunları düşünüyordum. O da Karaköy'deki Fransız lisesinde okuyan arkadaşının şimdi neler yaptığını anlatıyordu bana. Yürürken, geçtiğimiz yerin adının birden bana bir yerlerden tanıdık geldiğini fark ettim. Bana bir şeyler çağrıştıran o yerin adı mavi bir tabelanın üstüne, beyaz yazıyla yazılıp duvara asılmıştı; içinde binlerce hikâyeyi barındıran sokağın adıydı bu: "Zürafa Sokak."

Birden durdum, sokağa şöyle bir baktım. Akşam olmuş, hava kararmıştı. Ama kırmızı salkımlı ev orada duruyordu. Arnavut kaldırımlı sokakta uzanmış, benim de hiç unutamadığım o ev... Aklıma hızlıca zamanında bu sokağın bana anlattıkları geldi. Sokak birden konuşmaya, anlatmaya başladı.

Daha önce hiç bu sokağa girmemiştim ama insan bazen gidemediği yerlere gitmiş kadar olurdu. Zaten bu yüzden yok muydu romanlar, belgeseller, filmler, en önemlisi kelimeler? Fiziken gidemediğimize, zihnen gittiğimizde de gitmiş sayılmaz mıydık?

Ben bu sokağa Nefise'nin hikâyesiyle uğramıştım. 3 sene önce, temmuz ayında, bir yaz mevsiminin akşamüstü saatlerinde, perşembe günüydü. Prenses Nefise... İlk önce kendisi bu lakabı takmıştı kendisine, sonra arkadaşları benimsemişti, daha sonra da gelen müşterileri... Nefise hep prenses olmayı hayal ettiğinden kendine bu lakabı takma ihtiyacı duymuştu muhtemelen, belki acısını gizleyip görünmez kılma çabası da olabilirdi bu. Çünkü acısını her gün yüreğinin merkezinde yaşıyordu. Kilis'ten İstanbul'a vagon vagon acıyla gelmişti. Düşündükçe, sokağa baktıkça aklıma düşmüştü o "mecbur hikâyesi". Çünkü ne istekle ne kısmetle açıklanabilirdi talihi. Mecbur hikâyelerdendi onunki. Çoktu toplum yüzünden mecbur hikâyeler yaşamak zorunda bırakılanlar. Bu hikâyeleri toplumlar yazar, yönetir; ötekileştirilenler oynar ve yaşardı. Karşıma gelip oturduğu anda gözlerinden yaşlar boşanmıştı Nefise'nin. Hiç unutmam, daha ilk seansta adını söylemeden önce yanında getirdiği bir kitabı açıp, "İzniniz var mı?" diyerek bir şiir okumuştu bana. *Hayatsız Kadın Ayşe*'ydi kitabın adı. Sonradan araştırdığımda Nefise ile benzer bir kaderi yaşayan ama gücü ve cesareti sayesinde hayatını değiştirmeyi başaran, toplumda hakkı olan saygıyı tırnaklarıyla kazıyarak tekrar geri almak zorunda kalan bir kadının hikâyesini anlattığını öğrenmiştim. Ayşe Tükrükçü'ydü o cesur kadın...

"Ben isteyerek hayat kadını olmadım.
Et pazarında isteyerek etimi satmadım.
Ben anamdan kahpe doğmadım.
Ben bu damgayı kendim almadım.
Adımıza hayat kadını dendi.
Elimizden tutanımız olmadı.
Aç mıyız tok muyuz umursanmadı.
Hayatta hep horlanıp, dışlanan biz olduk.
Kucaktan kucağa atıldık.
Beş on kuruşa zorla satıldık.
Gün geldi bazımız canından oldu,

dayanılmaz işkencelere maruz kaldık.
Ne çocukluğumu yaşadım, ne gençliğimi.
Ne bir yuvam oldu, ne bir evladım.
Gözümden yaş hiç eksik olmadı.
Ben kahpeliği kendim seçmedim.
Bu damgayı bizden geri alınız.
İsyanlarımıza yalvarırım kulak veriniz.
Bize hayatımızı geri veriniz.
Ölümüze değil, dirimize sahip çıkınız."

Şiiri okuduktan sonra kapatmıştı kitabı. Ne tepki vereceğimi öyle bir merakla beklemişti ki "Yine de dinleyecek misin beni?" der gibi bakmıştı gözlerime.

"Harika bir şiirdi," dediğimdeyse gülümseyerek koltuğuna daha rahat yerleşmiş, anlatmaya başlamıştı hikâyesini. Ötekileştirilip nefrete maruz kalanlar için ilk izlenim çok önemliydi. Çünkü eğer onları anlamayacaksanız size katiyen anlatmazlardı. Bolca nefrete maruz kalırken nefretten kaçınma, nefrete karşı kendilerini savunma biçimleriydi bu.

"Ben orospuyum ama orospu değilim," demişti hikâyesini kendi ağzından anlatırken.

"Sahi," demiştim o zamanlar ben de onu dinlerken, "orospu kime denirdi, kime diyordu insanlar?"

Ben kimseye demezdim. Kadını küçümseyen, kadını yalnızca cinsel obje olarak hatırlatan bir kelimeydi bu. Hep rahatsız olurdum insanları damgalamaktan.

Fiziksel bir davranış için mi kullanılırdı bu kelime, zihinsel bir davranış için mi; hangisine denirdi orospu? Yoksa mecburiyetlerin sorumlularına mı? Nefise'nin babası daha

9 yaşındayken tecavüz etmişti ona, gencecik, yüreğinde ilkbahar taşıyan bedenine. Ağlayarak, ağlamaktan çok tekrar yaşayarak anlatmıştı acısını. Mecbur kalmıştı anlatmaya çünkü iyileştirmek istiyordu kendini...

Babası asla kabul etmemişti kızına tecavüz ettiğini. Nefise korkusuzca annesine, teyzesine ve kuzeni Leyla'ya anlatmıştı da kimse inanmamıştı ona. Teyzesi kızmış, bağırmış; kuzeni biraz inanır gibi olsa da, "Konuşma böyle şeyleri," demişti. Annesi ise duyunca Nefise'yi odaya kapatıp dövmüş, döverken, "Senin baban öyle şey yapar mı he? Seni ahlaksız, sen dışarıda halt yemişsin de suçu babana atıyorsun! Orospu seni," diye bağırıp durmuştu. Nefise'nin feryatlarını bir tek kendisi, bir de odasının çatlak, kirli duvarları duymuştu. Ne annesi inanmıştı ona ne de bir başkası.

Dayak yaşananları dindirmeye yetmemişti. Çünkü Nefise dayak yese de gerçeği söylemekten vazgeçmemişti. Kendi gerçeğine tutunmuştu, gerçeği de ona. Bir dala sıkı sıkı tutunur gibi, kendi kendine, "Ölürüm de inkâr etmem yaşadıklarımı," demişti ısrarla.

"Siktir git ulan bu mahalleden, seni orospu, pis kaltak! Neymiş babası tecavüz etmişmiş, kim inanır ulan senin gibi yalancıya? Anca çocuk aklınla kendini kandırırsın," diye söylenmişti babası. Sonra da evden atma fikri konuşulmaya başlamıştı aralarında, Nefise odasında her şeyden habersiz uzanıp yatarken. Ardından annesi babasına, "Yatsın işte arka odada. Kilitleriz bir şey derse, ne bileyim gıkı çıkarsa da bakarız bir çaresine, hemen yollamayalım evden," dese de babası odasında zaten az olan iki üç eşyasıyla birlikte kızını kapının önüne koymuştu. Nefise bir başına yürümüştü yolları, yanında küçük siyah bavulu, içinde acıları...

Kimse kapının önüne konulan kıza yardım etmemiş, ya da kimse mahallede yürürken "Kızım neyin var?" dememişti. Ailesine gidip, "Ne yapıyorsunuz siz? Sokağa atılır mı çocuk?" diyen de olmamıştı. Korkulurdu çünkü böyle ailelerden. Hele de Nefise'nin babası gibi sert babalarla kimse münakaşaya bile girmek istemezdi. Hâşâ, onlar hiç yanlış olmazdı, her şeyin doğrusunu bilirdi. İsterlerse işte böyle doğruları bile yanlış diye yuttururlardı herkese. Doğruları susturmak kadar kolay ne vardı ki?

Mahalledekiler de duyunca olup biteni onaylamıştı. Hepsi bir ağızdan konuşup, "Başkasına verdi herhalde de babasının üzerine atıyor, piç kurusu. Şimdiki kızlar hep böyle önüne gelene veriyorlar," demişlerdi. İki arka mahallenin yaşlı erkekleri de olayı duyup –çünkü hiçbir kötü olay konuşulmadan kendi mahreminde sessizliğe gömülmezdi– kahvehanede sigara dumanının altında dedikoduyu eksik etmemişler, Nefise için gönül rahatlığıyla, "Kadınlardan ne beklersin, şeytan hepsi, erkekleri baştan çıkarırlar ancak, defolsun gitsin bizim evdeki kızlara da yanlış örnek olmasın," diyebilmişlerdi. Nefise de henüz 15 yaşındayken kalkıp İstanbul'a gelmiş ama ne parası ne de bir becerisi olduğundan yollarda ne yapacağını şaşırmış, her yolu deneyip her yerde iş aramıştı. Bir başına olduğu anlaşılınca, İstanbul'un acımasız ve aç erkek işverenleri tarafından işe alınsa da kendisine sadece birlikte olunabilecek kız gözüyle bakıldığı için hep arka odalara çağrılmıştı. Nefise de yolun bir yerinde pes edip sonunda hayat kadını olmuştu işte. Çare ararken çaresizlik içinde kalmıştı.

"Bu toplum bana bakmadı, ne yemeğimi verdi ne de kucak açtı... Kimse yuva olmadı. Mecburen düştüm bu duruma. İsteyerek mi oldum sanıyorsunuz? Biz orospu olduk ama acımasız olmadık hiç. İkiyüzlü olmadık! Genelevin kapısına 18 yaşından küçükler giremez yazarlar ama içeride 15-16 yaşında kızları çalışmak zorunda bırakırlar. Dedim ya Derin Hanım, biz acımasız da olmayız, ikiyüzlü de… Biz hayatın en gerçek, en karanlık ve en acımasız tarafındayız," demişti Nefise bir sonraki seansımızda.

O kadar çok şey anlatmıştı ki Nefise. Sadece kendi anılarını değil, tüm hayat kadınlarının yaşamlarını da anlatmıştı. Çünkü hep onlarla beraberdi, iç içe yaşıyorlardı, başka kimseleri yoktu. Ne sevgilileri oluyordu ne de başka ortamdan arkadaşları. Yaşadıkları dünyada rekabet olsa da dışarıdaki dünyaya inat birbirlerini kollama da vardı. Kendi aralarında daha iyiydi durumları.

Trans birey oldukları için toplumda kabul görmeyen arkadaşlarından da bahsetmişti. En sevdiği arkadaşı, trans kadın Nazlı'ydı… Onun da hikâyesi benzerdi. O da doğuştan gelen kimliğini kabullenemeyen ailesi tarafından reddedilmiş, kokan bir çöp gibi sokağa atılmıştı. Bazı ailelerin gözünde evlatla çöpün farkı yoktu…

Hatta Nefise şöyle anlatmıştı arkadaşı Nazlı'yı:

"Bu Nazlı'yı başlarda ben de bir garip buldum. Nesin sen, kadın mı erkek mi, derdim içimden. Karar ver, derdim. Tanımayınca, dinlemeyince anlamıyorsunuz. Olur mu öyle şey diyorsunuz. Ama tanıyınca anladım ki Allah onları öyle yaratmış. Niye biliyor musunuz? Çünkü bizim Nazlı daha 5-6 yaşındayken dermiş anasına, 'Ben kadınım aslında, erkek demeyin bana,' diye. Var mı böyle bir şey? Demek ki olabiliyormuş…"

Nazlı'yı da, "Ne idiği belirsiz, kadın mısın erkek misin lan sen, git başka iş bul kendine," diyerek her yerden eli boş döndürmüşler tabii. Nazlı'nın da geçiş süreci ayrı, iş bulma süreci ayrı, yaşamı ayrı acı olmuş. Hatta en sonunda artık seks işçiliğini yapamayacak duruma geldiğinde, dayanamayıp intihar etmişti Nefise'nin evinde... Solmuştu bir gül daha. Bunu da hüngür hüngür ağlayarak son seanslardan birinde anlatmıştı.

"Tek arkadaşımdı o benim, dayanağımdı..." derken bir kez daha mahvolmuştu. İkisi de içinde çok şey taşımıştı ama insanlar onları tanımak istemediklerinden, hep uzağa koymuşlardı. Görünmeyen, görülmesi istenmeyen yerlere bırakmışlardı; tıpkı caminin avlusuna bırakılan çocuklar gibi, tıpkı benim gibi...

Seansların sonunda her şeyi Prenses Nefise'yle tatlıya bağlamıştık. Birçok düğümünü çözmüş, birçok acısını iyileştirmiştik. Hatta giderken bana, "Siz öyle iyi birisiniz ki iyiliğin görünürde, dışarıda değil kalpte olduğunu biliyorsunuz. Bizim de hikâyemizi duyup, dinliyorsunuz... Bizi anlıyorsunuz," demiş, beni neredeyse ağlatmıştı. Dalgalı saçları, koyu kahverengi gözleriyle Monica Belluci'ye benzetirdim onu hep. Ben Prenses Nefise'nin hayat hikâyesini hatırlayıp neredeyse sesini duyacak kadar eskilere dalmışken, Doruk'un sesi beni bulunduğum âna geri döndürdü.

"Nereye daldı gözlerin öyle, durdun? Ne işimiz var burada? Genelev sokağı burası... Hadi gidelim. Geç kalacağız."

Doruk konuşurken, ben hâlâ Nefise'nin bana söylediklerini duyuyordum sanki...

"Korkmadım hiç Derin Hanım. Hep savaştım. Bu hayat zordur ama savaşırsan kolaylaşır. Acının içinden geçersen onu da yenersin bir gün. Ya da bilmem, alışırsın acıya, tanırsın onu. Tanıdıktan sonra da barışırsın onunla. Sen barışınca başkaları da barışır, değil mi? Tarihe bakın, siz daha iyi bilirsiniz zannımca ama cesaretli olanlar hep kazanmamış mı? Tarihe hep onlar yazılmamış mı? Biz de bir gün kazanırız elbet; bir yerlerde yazılır, çizilir, anlaşılır "mecbur" hikâyelerimiz..."

18

Doruk elimden sıkı sıkı tutup beni Karaköy sokaklarında sevgisiyle beraber yürütürken, aklımdan tek şey geçiyordu: İstanbul'un ne çok şeye tanık olduğu. Özellikle Karaköy, Taksim, Galata, Tarlabaşı... Buralar birçok yaşamöyküsüne tanık olmuştu. İstanbul'un hızlı hızlı atan kalbiydi bu semtler. Gezerken derinden hissetmemek mümkün değildi. Şimdi benim de kalbim güm güm İstanbul'la beraber atmaya devam ediyordu çünkü hâlâ nereye gittiğimizi bilmiyordum.

Yürürken artık dayanamayıp Doruk'a sordum.

"Artık söylesene Doruk."

"Geldik, geldik... Şu köşeyi dönelim, mekâna varmış olacağız." Yaklaşmıştık. Köşeyi de dönünce karşımıza bir balıkçı çıktı ama meyhaneye de benziyordu. "Öteki Meyhane"ydi adı. Adını sevmiştim. Mekânların da insanlar gibi hikâyeleri varmış gibi gelirdi bana. Belki de bu mekân adını ötekileştirilenlerden almıştı.

İçeri geçerken kapıdaki görevli Doruk'a, –tabii ki beni çoğu insan gibi sonradan görecekti– "Merhaba," dedi, ardından bana dönüp ekledi: "Merhaba hanımefendi."

"Rezervasyonunuz var mıydı efendim?" diyerek gülümsedi. Gülümsemesinin yapmacıklığı, yeni çıkan albümünü televizyon programlarında hiç sevmediği kişilerle konuşmak zorunda kalan şarkıcılarınki gibiydi.

"Evet," dedi Doruk. Ve daha sonra adamın kulağına eğilerek bir şeyler daha mırıldandı ama ben hiçbirini duyamadım. Adam onu dinlerken, "Haa..." diyerek gülümsedi ve sonra, "buyurun," diyerek bizi içeriye davet etti. Hayatta kapıları bir bir açan bazı cümleler vardı. Tam da şu an olduğu gibi...

İçeriye girdiğimizde 4. kata çıkmak için yaşlanmış, eski bir asansöre bindik. Doruk düğmeye basar basmaz, "Çatlayacağım artık," dedim.

"Amma ısrar ettin. Ne inadı bu böyle? Keçi inadı mı? Geldik zaten," dedi ve ardından, "İyi dayandın..." diyerek bana doğru eğilip burnumdan öptü. Beni sinir ettiği zamanlarda hep böyle yapardı. Burnumu öpmesinden sinir etmek için bile olsa çok hoşlanıyordum.

Asansörün kapısı açıldıktan sonra salona doğru yürüdük. İçerisi tıklım tıklımdı. Girdiğimiz salonun ışıklı manzarası harikaydı. İstanbul resmen ayaklarımızın altındaydı. Mekâna baktıkça çeşitli masalar görüyordum. Örtüsü beyaz, mezeleri renkli, kadehleri çok ama konukları farklı birçok masa. Bazı insanlar oturuyor, bazısı ayakta durup fonda çalan şarkıya eşlik ediyor, bazısıysa sadece dans edenleri izliyordu. Masaların ortalarında öksüz kül tablaları ve içkilerin yanında da anılar vardı elbette. İçkiler ve anılar hep birlikte otururlardı zaten masaya. Şimdi de masalarda o anılar konuşuluyor, içilen içkiye göre derinliği değişen konular belirli sürelerle ortaya dökülüyordu. Hafızanın ziyaretleriydi hepsi. Çocukluk ziyareti, aşk acıları ziyareti, aile travmaları ziyareti ve bunların dışında iş sorunları, toplumsal meseleler... Artık hafıza ortaya ne getirirse insanlar da onu tüketiyordu mecburen. "Ortaya karışık bir şeyler getir," denilen garsonun gecenin ilerleyen saatlerinde hep şahit olduğu efkârlı bir masa kalabalığıydı geçmişin sesi ve gölgesi. Aslında yeni bir tabağa bile yer yoktu o masalarda...

Bir de böyle mekânlarda insanların hep ikiye ayrıldığını düşünürdüm: masacı ağır abiler ve dansözler. Masacı ağır abiler kadınlardan da oluşabiliyordu, erkeklerden de, keza dansözler de öyle. Çok güzel dansöz erkekler de vardı, çok ağırbaşlı kadınlar da... İnsan dans ederken cinsiyetiyle değil, ruhunun ritmiyle hareket ediyordu çünkü. Ritim cinsiyetsizdi, tıpkı diğer birçok şey gibi.

Ben ortamla kendi içimde tanışırken, Doruk elimi sıkı sıkı tutarak beni geçmemiz gereken masaya doğru sürükledi. İnsanların arasından geçerken, bir şeyler duyuyordum. "Amerika mı dedin? Evet, orada da cahil çok. Adamlara avro gösterince, 'O ne?' diyen var. Dünyadan haberleri yok, Amerika'yı dünya zannediyorlar...", "Hayır... Eğitim sistemi komple bitti artık, biz eskiler biraz daha şanslıydık...", "Onlar yatmışlar bir de... Evet, evet yatmışlar... Bana da geçen gün söylediler..." Herkes bambaşka konular konuşuyordu, aynı dünyayı paylaşıp başka dünyalardan bahsederek.

Masaya doğru ilerliyor, hâlâ kimin masasına konuk geldiğimizi bilmiyordum. Bu bilinmezlik birazdan sona erecekti. Az kalmıştı. Bir adım, iki adım, üç adım daha darken masanın önüne gelmiştik.

Elinde bir rakı kadehi, yüzünde bazı yaşanmışlıkları şimdilik unutmak isteyen, biraz kırgın bakışıyla genç bir adam karşıladı bizi. "Nerede kaldınız?" dedi yüzünü toparlayıp gülümseyerek.

"Geldik işte doğum günü çocuğu," dedi Doruk. Ben öylece genç adamın yüzüne bakıp duruyordum, göz göze gelince tebessüm ettim.

"Çekil bakayım şöyle," deyip Doruk'u hafifçe geriye itti. Elini bana uzatmıştı.

"Merhabalar. Sonunda tanışabildik seninle Derin. Ben Yiğit." Nedense kendimi suçüstü yakalanmış gibi hissettim. Doruk'un üniversiteden, liseden ya da işyerinden bir arkadaşıyla tanışacağımı düşünmüştüm. Abisi hiç aklıma gelmemişti. Gerçi bugünlerde bütün aile sözleşmiş gibi sırayla tanıtıyorlardı kendilerini. Önce annesi, aniden bir aramayla; şimdi abisi, hiç hesapta yokken, durduk yere, çat diye. Düşünebilmeliydim bunu, akıl etmeliydim.

"Merhaba. Çok memnun oldum. Evet, sonunda tanışabildik sizinle, sanırım doğum gününüz. Nice senelere," dedim. Yiğit benden yaşça büyük durduğundan siz diye hitap etmem daha doğru olur diye karar vermiştim. Gözlerine bakınca ikinci kadehinde olduğunu görebiliyordum. Gözler, insanlar hakkında sözlerden daha çok şey anlatıyordu.

"Siz demene gerek yok, Yiğit diyebilirsin. Ve çok teşekkür ederim, bir yaş daha yaşlandım yine," dedi Yiğit. Sonra hızlı hareketlerle, "Size burayı ayırdım," diyerek bizi masanın en güzel, en manzaralı köşesine oturttu. Demek ki Doruk'a ve bana zihninde de güzel bir köşe tutmuştu. Tüm manzarayı görebilecektik buradan. Sanki hiç İstanbul'u görmemişiz gibi... Gerçi biz İstanbullular hep böyleydik. Her gün görsek de İstanbul'u bir kez daha seyretmek isterdik. Her açıdan bakar yine de doyamazdık. İlle de masanın deniz manzaralı köşesi olsun, ille de boğaz manzaralı evlerimiz olsun ve ille de sahile yakın kalalım... Suyu görmek, içine girmek veya uzaktan ona bakmak, her daim insana huzur veriyordu. Neydi acaba kaynağı, ana rahmindeyken hep suda olup orada huzur bulmamız mı?

İstanbul'a karşıdan şöyle bir kez daha baktım. Belki de baktıkça sevdiğine daha çok âşık olma hali sadece insanlara yönelik değildi, şehirlere de özgüydü.

Doruk biz otururken tüm masayı selamladı. Aralarından bazılarına gözleriyle merhaba dedi, bazısına da kendini takdim edip elini uzatarak. Oturduğumuzda fonda yine müzik çalıyordu ama birbirimizi duyamayacak gibi de değildik.

"Neden söylemedin?" dedim hiç beklemeden. "Bilseydim, hediye alırdım abine."

"Senin gelmen ona en büyük hediye oldu, çok merak ediyordu seni," dedi Doruk. "Abim takılmaz öyle hediye işlerine, bizim şu an burada olmamız yeterince mutlu ediyordur onu, merak etme. Ben zaten almıştım ona hediyesini."

Doruk böyle deyince rahatladım, "Peki, neyse..." der gibi baktım yüzüne. Gerçi çok da kafaya takmamıştım. Muhtemelen Yiğit de yüzümdeki şaşkınlıktan habersiz geldiğimi anlamıştı.

"Zaten sana sürpriz yapacağımı biliyordu," diye devam etti Doruk.

"Neden böyle bir şey yaptın ki?" diye bir kez daha sordum.

Ama Doruk cevap veremeden bir garson başımızda dikildi. "Hoş geldiniz," diyerek menüyü takdim etti. Elimdeki menüyü açarken, bir yandan da masaya göz gezdirdim. Abisi masanın diğer ucunda yeni gelenlerle konuşuyor, karşısındaki kıvırcık siyah saçlı adamla beraber sesli kahkahalar atıyordu. Masada 20 kişi kadardık ve herkes çok şık görünüyordu. Bense buraya göre sanki biraz basit giyinmiştim ya da bilmiyorum, sanırım her kadın gibi, diğer kadınların yanında kendimi onlarla kıyaslamaya başlamıştım. Kadınlar genelde başka kadınlar için giyiniyorlardı zaten. Zavallı bazı erkekler de kadınların hep kendileri için giyindiklerini zannediyordu. Üzerimdekilerle yanımdaki kadının kıyafetini karşılaştırınca, mekânların kıyafet gerekliliği ne garip şey, diye düşündüm. Asıl kıyasladığım şey kadının kıyafeti ile benim kıyafetim değil, kıyafetlerle ortamdı. Çünkü kıyafetin yoksa, daha doğrusu mekânla uyumsuzsa bazı mekânlar da yoktu senin için. Püf diye ortadan kaybolurlardı. Sen, kıyafetin uygun değilse yürürken o mekânları bile görmez, algılayamazdın. Yani bir bakıma görünüş büyüktür yiyeceğin yemek, içeceğin içki, edeceğin muhabbet, alacağın keyifti. Görünüşün yoksa diğerleri de yoktu. Anca rüyanda görürdün. Görünüşe göre bir mekâna girmenin tarihi nerede başlamıştı acaba? Kimbilir ne zamana dayanıyordu mekân ve giyimin gizli anlaşması?

"Evet, ne seçelim?" dedi Doruk keyifli keyifli. Ceketini de üstünden çıkarmış, gömleğiyle kalmıştı. O kadar güzel görünüyordu ki karşımda, ne arkasında dolanan garsonlar, ne arka masasında sigaralarını birbirinin yüzünden saklayan kadınlar, ne Doruk'un önündeki masa ne de Doruk'un sağında duran İstanbul manzarası, hiçbirini umursamıyordum. Aşk öyle bir duyguydu ki sevdiğin kişiyle beraberken, onun dışındaki diğer her şey yavaş yavaş bulanıklaşıp silikleşiyor, sonra da kendini yok ediyordu. Böylece geriye sadece aşk kalıyordu...

Ben Doruk'a dalıp gitmişken o çoktan kararını vermişti.

"Ben levrek yiyeceğim. Ortada zaten bir sürü meze var, onlardan da atıştırırım. Sen ne yemek istersin?"

Hızlıca menüye göz gezdirdikten sonra, "Ben de levrek alırım," dedim. Benzer seçimler, benzer duygular gibiydi bazen. Benzerlik hep aşk kokuyordu.

Yemek siparişlerimizi verdikten sonra uzanıp Doruk'un masanın üstünde duran elini tuttum. Sıcacıktı. Sıcak bir ev gibiydi eli; içinde yaşayıp kendime sıcak bir yuva kurmak istediğim, belki çocuk kalan yanlarımı büyütmek, belki hatalı taraflarımı törpülemek istediğim bir ev gibi. Yüzünde gülümsemeyle o da elimi tuttu. Derken her zaman yaptığı gibi dudaklarına götürüp avuç içimi öptü.

"Abimi sevdin mi?" diye sordu sonra.

"Daha konuşamadık bile. Yani, doğru düzgün konuşmaktan bahsediyorum. Ama o da senin gibi yakışıklı biriymiş," dedim. Dorukların Riva'daki evlerinde gördüğüm eski fotoğraflarla ve internette araştırırken gördüklerimle kıyasladığımda abisi oldukça değişmişti. Saç şekli farklıydı ve biraz da yaşlanmıştı sanki.

"Benden yakışıklı mı?" diyerek sinsice bir gülücük atıp jönler gibi elini uzamış saçlarında tarar gibi gezdirdi. "Tabii ki hayır," diyerek onu övmeye devam edip gülümsedim. Doruk'un neşesi beni de neşelendiriyordu. Sadece şimdi değil, her zaman. Çünkü aşk böyle bir şeydi. Yaşamında kötü şeyler bile olsa onları bir süreliğine sana unutturuyor, sanki zamanı durduruyor, sadece güzellikleri önüne seriyordu... O anlarda uğraşacağın tek şey mutluluk oluyordu böylece.

Masaya levreklerimiz ve rakılarımız geldikten sonra Yiğit de bize doğru yürüyüp yanımıza yaklaştı. Ayaktayken, "İkiniz de çok güzel görünüyorsunuz, durun fotoğrafınızı çekeyim," dedi. Arka cebinden telefonunu çıkardı. Doruk, "Boş ver şimdi, otur ya," deyip eliyle sandalyeyi gösterirken Yiğit söylediğini yapmakta kararlıydı.

"Boşuna gidip aylarca fotoğraf eğitimi almadık herhalde. Durun çekeyim. Gülümseyin," diyerek ikimizin fotoğrafını çekti. Ardından üçümüzü birlikte çekmek için telefonun ön kamerasını açtı. Fotoğraf merasimi bittikten sonra yanımıza gelip Doruk'un değil de benim tarafıma oturmuş olması, beni tanımak istediğinin göstergesi gibiydi.

"Bak bakalım beğenecek misin?" dedikten sonra telefonundan fotoğraflarımızı gösterdi. Manzarayla beraber gerçekten çok şık ve tatlı çıkmıştık. Üçümüzün olduğu fotoğraf, bana tekrar aslında ne kadar tuhaf bir ortamın içine düştüğümü hatırlatmıştı. Ancak bu tuhaflığı sadece ben görüyordum. Şimdilik benden başka kimsenin bu durumdan haberi yoktu...

"Kendine de gönder," dedi.

Yiğit'in telefonuna numaramı kaydettikten sonra fotoğrafları kendime gönderdim.

"Nasıl gidiyor her şey? Memnun musunuz ve her şey yolunda mı?" diye sordu Yiğit. Elindeki rakıyı da sorusuyla beraber masaya bırakmıştı.

"Her şey yolunda, güzel yermiş," dedi Doruk. Ben de ağzım dolu olduğundan kafamı sallayarak her şey yolunda demeye çalıştım. Bu arada Doruk masada bazı tanıdıklarıyla da konuşuyor, merhabalaşmaya devam ediyordu. Çok ortak tanıdıkları var, diye düşündüm.

"Ben daha fazla içmeyeyim diyorum. Sen içecek misin Doruk?" dedi Yiğit. Aralarındaki ilişki ne çok sıcaktı ne de buz gibi soğuk. Ortalama bir yakınlıkları var gibiydi. Birbirlerine karşı tavırlarından böyle anlamıştım.

Doruk, "Aslında ben arabalıyım ama..." der demez Yiğit, "Ben de arabayla geldim. Daha fazla içmeyeceğim. Zaten dün de iş grubuyla kutladık doğum günümü, orada da içtim. Bugün daha fazla içmesem ciğerlerim için iyi olacak," dedi. Ardından, "Benim arabamla döneriz, sen rahat rahat takıl," diye hızlıca ekledi. Ben de kadehimden bir yudum içtim. İçer içmez bir serinlik oldu ruhumda, sanki cereyana maruz kalmış ev gibi oldu içim. Ama iyi gelmişti.

"Ee, neler yapıyorsun? Nasılsın? Anlat biraz..." dedi Yiğit, konuşması içtendi ve öyle de görünüyordu. Ben de elimden çatal bıçağı bırakıp Yiğit'e döndüm.

"Her şey yolunda. Çalışıyorum, koşturuyorum. Belki Doruk anlatmıştır, psikoloğum. Sürekli danışanlar, işler, güçler, eğitimler, kitaplar, araştırmalar... Öyle işte. Sen nasılsın Yiğit?"

"Süper, süper," diyerek çok iyi olduğunu iki kez tekrarladı.

"Benim de çocukluğumdan beri merakım vardır psikolojiye. Sen de biliyorsun, değil mi Doruk? Lisede bizim bir hocamız vardı, felsefeci. Neydi adı? Yeşim Hoca... O felsefe anlatırdı ama psikolojiyle de ilgiliydi. İyi kafa açardı sınıfta, düşündürürdü. Sen de bizim Doruk'un kafasını açıyorsundur umarım?" dedi. Son cümlesini kurarken acayip komik bir şey söylemiş gibi güldü. Doruk bundan rahatsız olup zoraki gülümsedi. Ben de Doruk'un gülümsemesini tepkili bulup daha içten bir şekilde gülümseyerek, "Doruk'un kafasının açılmaya ihtiyacı yok. Zaten kafası hep açık maşallah," dedim. Sevgilimi korumak için değil, gerçekten böyle düşündüğüm için söylemiştim bunu. Doruk gözlerime bakıp yine gözleriyle seni seviyorum dedi.

"Vay, aferin sana Doruk," dedi Yiğit. "Bir ben anlayamamışım sendeki cevheri demek," diye ekledi. Ardından da "Şaka yapıyorum tabii," diyerek kardeşinin gönlünü aldı. İkimiz de gülümsedik, bu sefer ikimizinki de biraz zorakiydi.

"Bu arada Derin seni seneler sonra böyle yakından görmek, vay be! Değişik hissettirdi," diye konuşmasına devam etti Yiğit.

Ne demek istediğini anlamayarak, "Seneler sonra derken? Ne zaman görüşmüştük ki sizinle?" diye sordum. Şaşırmıştım. Yoksa daha evvel karşılaşmış mıydık Yiğit'le?

"Ah seneler sonra derken şeyi kastediyorum... Senin bazı röportajların yayınlanmıyor muydu? Neydi o derginin adı? Söyle... Aaa... Gelmiyor aklıma, oysa hep takip ettiğim bir dergiydi," dedi, gözlerini bir o yana, bir bu yana çevirerek.

Çıkmıştı çıkmasına röportajlarım ama öyle akılda yer edecek şeyler söylememiş, gündem olmamıştım. Yiğit'in bunları bilmesi enteresan gelmişti.

"Bazı gazetelerde de çıktı röportajlarım, dergilerde de. Hatırlamanız çok değerli, teşekkür ederim, hangisini hatırlamıştınız acaba?" dedim. Şaşkınlığımı gizleyerek gülümsedim. Evet, tanıyan çıkardı ama çok az insan gazeteleri ve dergileri takip edip bu kadar iyi hatırlardı. İçimden, Yiğit de o çok az insanlardan biriymiş, diye düşünüyor ama durum bana hâlâ enteresan gelmeye devam ediyordu.

Ardından Yiğit masadan kalktı, "Diğerleri bozulmasın şimdi, onların yanına da geçeyim. Bu arada rakım kalsın, sen iç istersen Derin," dedi ve kardeşine göz işaretiyle görüşürüz diyerek yanımızdan ayrıldı. Yiğit gittiğinde üzerimde bıraktığı ilginç duygu da gitmiş, Doruk'un yanında oturan Yiğit'in yakın arkadaşı bir kadınla –adı Serra'ydı– ve Doruk'la üçlü bir muhabbete dalmıştık.

Yemeklerimizi yiyip muhabbetimize devam ederken müziğin sesi daha çok açıldı. Gece ilerlerken İstanbul'un bazı mekânları, "yeter bu kadar muhabbet," der gibi insanların sesini kısar, müziğin sesini açardı. Biz de mecburen bu âdete uyup muhabbeti bıraktık ve müziğe daldık; kimimiz melodisine, kimimiz sözlerine. Ajda, Sezen, Nalan, Tarkan, Rafet, Yaşar, Göksel, Mirkelam, Sertab, Çelik, Candan, MFÖ, Aşkın, Emel... Hepsi birer birer eşlik ettiler masalara. Kadehlerin içindekiler bile efkârla ve eğlenceyle karışık dinledi onları.

Gece biterken, Yiğit herkesi yolcu etsin diye Doruk'la birlikte onu bekledik. Beklerken Doruk'un biraz sarhoş olduğunu fark ettim. Hatta biraz değil, resmen sarhoştu. Epeyce içmişti.

Herkesi uğurladıktan sonra Yiğit yanımıza geldi.

"Hadi gidelim," diyerek bizimle beraber asansöre bindi. Aşağı indiğimizde vale arabasını getirmişti. Mat siyah arabasına bindik. Doruk uyuyacak gibiydi. Bu yüzden Yiğit arabanın arkasına oturmamı, daha rahat olabileceğimi ve böylece Doruk'a da bakabileceğimi söyledi. Ben de öyle yaptım.

Yolculuk sırasında fonda çok kısık seste bir şarkı çalıyordu. Rusça gibiydi ya da Almanca. Çok iyi duyamıyordum. O sırada Doruk dizime yatmış, uyuklamaya başlamıştı. Yiğit arabayı sürerken, "Uyudu galiba..." dedi. Ben de "Evet, böyle olacağı belliydi," dedim.

Hafifçe gülümsedi. Gözlerini yoldan ayırmadan, "Sizde kalacak bu arada, değil mi?" diye sordu.

"Evet," cevabını aldıktan sonra, biliyordum der gibi kafasını salladı. Dizimde Doruk, gözlerimde İstanbul sokakları, beraber yolculuk ettik. O sırada saate baktım, dört buçuk olmuştu. Adım adım sabaha doğru yaklaşıyorduk.

Bu arada Doruk'un saçlarını okşarken, Doruklara hiç gitmediğimi fark ettim. Sanki Doruk onlara bir daha gitmek istemediğimi hissediyormuş gibi beni hiç davet etmiyor, hep bana geliyordu. Muhtemelen bilinçdışı da olsa bunu ona yansıtıyordum. Bu düşünceler kafamda dönüp dururken bir elim de Doruk'un yumuşak, temiz, her daim yeni yıkanmış gibi duran ve bebek gibi güzel kokan saçlarında gezinmeye devam etti.

Sessiz geçen yolculuğumuzun sonunda evimin sokağına geldik.

"Hadi uyan, geldik," dedim Doruk'a. Eğilip onu yanaklarından öptüm. Saçlarını hafif terlemiş alnından geriye atıp düzelttim. Doruk hiç duymamış gibi uykusundaki seyahatine devam ediyordu.

Yiğit, "Yardıma geleyim mi? Yoksa uyanır mı?" diye sorunca, "Gerek yok, uyanır şimdi..." dedim gecenin sessizliğine uyan bir ses tonuyla.

Ve Doruk'un kulaklarına bir kez daha eğilip, "Geldik hayatım... Hadi uyan artık," dedim.

Doruk ikinci söyleyişimde yavaşça hareket etti, sonra da arabanın içinde doğruldu.

"İyi geceler şoför bey," dedi Yiğit'in omzuna eliyle vurarak. Muhtemelen Yiğit'i taksi şoförü sanıyordu. Yiğit bu lafa neşeyle tepki verdikten sonra, "Borcunuz 200 dolar," dedi.

Doruk duymamış gibi yaparak kapıyı açtı. Hem abisine hem Doruk'un durumuna gülüyordum.

"Çok teşekkür ederim. Tekrar mutlu yıllar diliyorum. Umarım başka zaman daha da çok vakit geçirir, konuşuruz. İyi geceler," dedim. Yiğit o sırada tamamen arabanın arka koltuğuna doğru dönmüştü.

"Rica ederim. Güzel dileklerine ben teşekkür ederim. Görüşmek üzere, iyi geceler," diye cevap verdi. O konuşurken ben de arabadan inmeye ve yalpalayarak yürüyen Doruk'a yetişmeye çalışıyordum.

Doruk apartmanın merdivenlerinin orada durmuş, otobüs bekler gibi beni bekliyordu. Koluna girdim, merdivenlerden beraber çıkmaya başladık. Çıkarken Doruk dudaklarımı istedi, yüzümü kendisine doğru çevirdi ve kulağıma, "Seni seviyorum, evren kadar," dedi kelimeleri yayarak. Tatlı haline güldüm, "Ben de seviyorum ama hadi biraz hızlı..." dedim. Önümüzde daha çok basamak vardı.

On dakika kadar sonra eve girdik. Doruk'u odamdaki yatağıma yatırdım, üstündekileri çıkardım. Yatar yatmaz uyumaya başlamıştı. Uyurken, "Evren kadar, evren kadar, evren..." diye mırıldandı. Karşıdan onu seyrederken kalbinde evren büyüklüğünde bir yerim olduğu ve beni bu kadar sevdiği için mutlulukla gülümsüyordum.

Daha sonra banyoya geçip makyajımı sildim. Makyajımdan sonra sıra küpelerimi çıkarmaya geldiğinde, birden zihnimde yanan bir ışığın geceyi aydınlattığını fark ettim.

"Yiğit, ona ev adresimi söylemeden beni evime nasıl bırakmıştı?"

19

Geceleri bizi uyutmayan şey, önceki gün ne kadar uyuyup ne kadar uykusuz kaldığımız değildir aslında. Bizi asıl uyutmayan şey, cevaplanmamış, cevabı tatmin etmemiş, merakı henüz dinmemiş, âdeta havada asılı kalmış sorulardır. Eğer aklımıza böyle sorular takılmışsa gözlerimizi açık tutarlar gecenin zifiri karanlığında... Kafamızı kurcalayıp yeni sorular doğururlar durmadan. Karanlığın içinden düşünür, o karanlıkta gezinir ve zihnimizde boşluklar yaratırlar. Ama en sonunda zifiri karanlık tüm sorular ve boşluklarla birlikte yutar bizi. Uyuduk sanırız biz de. Oysa ertesi gün aynı sorular uyandırır, kaldığı yerden devam ettirir içinden çıkılmaz düşüncelerimizi... Yaşam, tekrar tekrar uyanmaktır, belki de budur hem gizi hem mucizesi.

Uyandık ve acele bir kahvaltı edip Doruk'la beraber evden çıktık. Gece üzerine biraz abisinden, biraz mekândan ve davetli insanlardan, biraz da onun işyerinde yaşadığı bazı sıkıntılardan konuştuk. Yiğit meselesinden, yani evimi ben söylemeden nasıl bulduğuyla ilgili soru işaretimden bahsetmedim, bunu bekleyip zamana bırakma kararı aldım. Sanırım zaten başka şansım da yoktu. Ben susunca belki zaman konuşurdu.

Doruk'la ayrıldıktan sonra ofise geldiğimde Azad Bey kapıdaydı. Sanırım onu biraz bekletmiştim.

"Merhabalar. Buyurun Azad Bey," diyerek onu odama davet ettim. "Çok beklettim mi sizi?"

"Hayır. Az önce gelmiştim ben de Derin Hanım."

Azad Bey'i yaklaşık bir aydır tanıyordum. İstanbul'da yaşayan, 46 yaşında, kibar bir sınıf öğretmeniydi. İnsanı yargılamayan, dinleyici olmayı seven bir duruşu ve hazin bir öyküsü vardı. Anlattıklarına göre, önce Bitlis'te yaşayan ama daha sonra Çukurova'ya pamuk toplamaya giden, genelde göç ederek yaşayan işçi bir ailenin dokuz çocuğundan biriydi Azad Bey. Çadırlarda yaşamış, elektriksiz, susuz ve bilhassa oyunsuz bir çocukluk geçirmişti. Hüzünlüydü Azad Bey'in hikâyesi, gözleri de daima bu hüznü taşıyordu.

Yine Çukurova'da bir kamyon yolculuğundayken, kamyonun aniden başka bir arabayla çarpışıp devrilmesi sonucu kamyonun kasasında yolculuk yapan üç kardeşini kaybetmiş ve altı kardeş kalmışlardı. Kendisiyle beraber tüm ailenin de bu travmayı hiç unutamadığını anlatmıştı Azad Bey. Nasıl unutsunlardı ki?

Ama bitmemişti Azad Bey'in ölümle dostluğu... Bu ölümleri takiben, daha sonra babası da terör örgütünün köy baskınında hayatını kaybetmişti. Azad Bey genç yaşında ölümlere alışmıştı. Hatta ölüm için, "Hayatın gerçeği der dururlar ama yanılırlar. Bir doğrusu yoktur ölümün. Yanlış ölümler de vardır keza... gencecik, vakitsiz ölümler. Ya da haksız ölümler! Bundandır ölüm için, 'ölüm bu hayatın kuralıdır; yanlıştan, doğrudan uzak' demek daha anlamlı geliyor bana," demişti bir keresinde.

Babasının mirasını da unutamamıştı Azad Bey. Babası öğretmen olmasını istemişti hep, oğluna en büyük mirası bu olmuştu. Belki mal mülk bırakmamıştı ama ona eğitim, bilim, fen öğrenmesini şart koşmuştu. Ben de onu dinlerken anlamıştım ki yaşamda bazı miraslar, mal mülkten daha zengin miraslardı. Azad Bey de babasını dinlemiş, öğretmen olmuş, o mirasın gereğini yerine getirmişti.

Derken Azad Bey, beşik kertmesi olan Evîn Hanım'la da gençken evlenmişti. Evîn isminin Kürtçe aşk demek olduğunu söylemişti hatta. Çok etkilenmiştim, çok hoşuma gitmişti isminin anlamı. Azad'ın aşkıydı Evîn, isminin anlamı gibi en büyük sevgisi. Evliliğini konuştuğumuzda mutlu olduğunu ve Evîn Hanım'ı çok sevdiğini söylemişti. Azad Bey'in sorunu daha çok oğluylaydı. Ergenlikte olan oğluyla iletişim sorunu yaşadığı için sıkıntılı günler geçiriyordu.

Israrla aynı cümleyi söylüyordu: "Ömer'i çok seviyorum ama onunla iletişim kuramıyorum Derin Hanım."

Tekrarlanan bu cümle, konuşulması istenmeyen bazı şeylerin üstünü kapama çabasıydı. "Başka sebebi yok, işte sebebi bu," demek gerçeğin üstünü kalın, kışlık yorganlarla örtmek gibiydi. Azad Bey'in diğer yaşadıklarını geçiştirip bu cümleyi aralara sıkıştırarak sürekli anlatmasından anlıyordum bunu.

Geçen gelişinde ben onu dinlemiştim. Bugün de benim konuşma vaktim gelmişti. Odamdaki köşelerimize geçip oturduktan sonra aceleyle konuşmaya başladı.

"Sizin dediklerinizi düşündüm. Evet, benim kendi babamla olan ilişkim de çok zayıftı. Babamın bir kez bile beni öptüğünü hatırlamıyorum. Bu yüzden oğlum Ömer'e de böyle yaklaşmış olabilirim. Dediklerinize hak versem bile durumu hâlâ tam olarak çözmüş değilim, hâlâ yaklaşamıyorum oğluma."

Azad Bey sorunlarını hızlıca çözeceğini zannediyordu. Ama bizi çözüme götüren sabırdı, düşündüklerimizin üzerine biraz uyumaktı. Önüme kâğıtlarımı ve not almak için kalemimi alıp konuşmaya başladım.

"Azad Bey, geçen seansta anlattığınız üzere babanızla olan ilişkiniz bir hayli zayıfmış. Zaten hayatın babanıza getirdikleri ve genelde ondan götürdükleri buna bir türlü izin vermemiş. Ama aslında bu soruna sahip olan tek kişi siz değilsiniz. Neredeyse tarihi, çokça sosyolojik bir mesele bu. Baba olmakla alakalı sorunlar demek aynı zamanda erkek olmakla alakalı sorunlar da demektir. Bugün bu kavramları konuşacağız. Biliyorsunuz ki Türkiye'de birçok erkek, baba olmakla alakalı sıkıntılar yaşıyor. Nasıl baba olacağını dahi bilmeden, henüz gencecik yaşta hastanelerde pat diye kollarına konan bir bebekle hayata başlıyorlar ve belki de en mühimi, erkeklik denen, tanımını toplumun koyduğu kavramlar arasında var olma savaşı veriyorlar. Bu topraklarda erkek olmak, kadın olmak kadar zor değilse de yine de zordur. Çok konuşulmuyor ama erkek olmak da mühim, çetrefilli bir meseledir. Her şeyden önce size şunu sormak istiyorum, sizce baba olmak nedir?"

İlk önce Azad Bey'in kavramlara yüklediği anlamları öğrenmek istiyordum. Çünkü kişi aslında erkek veya baba olmazdı, bu kavramlara yüklediği anlam neyse, o olurdu.

"Erkek" olmak güçlü olmak demekse, "erkeğim" derken aslında "güçlüyüm" de deme isteğinin savaşı verilirdi mesela.

Ben konuşurken beni dikkatle izliyordu Azad Bey. Öğretmen kimliğinden dolayı psikoloji bilimine bir hayli meraklı olduğunu da görebiliyordum. Bir müddet düşündükten sonra cevapladı.

"Bence baba olmak evinin direği olmak demektir. Baba tecrübedir, sorumluluktur, çalışmaktır, güvendir, dayanaktır, ayakta durmaktır; hem maddi hem manevi güçtür her zaman..."

Hızlı hızlı söylediklerini not ediyordum.

"Biraz da çocuğuna uzak, mesafeli durmaktır ki senden biraz korksun. Korksun ki ciddiyetini anlasın. Baba olmak biraz da ciddiyettir! Babalık ciddi bir meseledir Derin Hanım."

Onun baba olmakla bağdaştırdığı şeyleri kâğıtlarıma not aldıktan sonra, "Anlıyorum. Peki, erkek olmak nedir?" diye sordum.

"Bence erkek olmak delikanlı olmaktır, sert olmaktır, korkak olmamaktır, güçsüz olmamaktır, kararlı olmaktır, dimdik yenilmeden, sağlam durmaktır!"

Azad Bey, Türkiye'de yaşayan birçok erkek gibi, erkekliği hep olumlu görünen ama aslında olumsuz birçok anlam taşıyan tanımlarla anlattı. Kendince olumsuz olabilecek bir yargıda bulunmamıştı çünkü ona göre erkek olmak da baba olmak da asla olumsuz herhangi bir düşünceyi barındıramazdı. Örneğin erkek olmak hiçbir zaman "ağlamak" veya "duygusal olmak, hassas olmak" ile bağlantılı olamazdı. Acaba kaç erkeğin ağzından erkekliği bunlarla bağdaştıran, tanımı esnek bir şey duyabilirim diye düşünürken, bir yandan da not alarak konuşmaya devam ettim.

"Farkında mısınız? Evin direği olmak tabiriyle ne kadar zor bir şeyi içselleştirdiğinizi? Asla bükülemez, eğilemez, esneyemez bir yapıyı kendinize inşa etmek zorunda kaldığınızı..."

Konuşurken bir yandan yüzündeki ifadeleri takip ettim. Azad Bey de ben konuşurken sözcüklerimi dikkatle takip ediyordu.

"Ve aynı zamanda erkekliği de, babalığı da bir kişinin yaşarken zorlanacağı şeylerle bağdaştırdığınızı. Bakın Azad Bey, aslında bahsettiğiniz çoğu tanım öğretilmiş normlar ve toplumbilimle alakalı şeyler. Toplum ve kültür birlikte bize nasıl erkek ve baba olmamız gerektiğini söyler. Dizilerdeki babalar üzerinden bir babalık figürü geliştiririz kendimize. Çocukken evimizdeki babaya ya da dedeye, evimizde yoksa mahalledeki babalara, dedelere bakar, onları seyrederiz yıllarca. İşi "babalar gibi yapalım" diye başkalarını taklit ederiz. Ama taklit ettiğimiz şeyin içindeki karanlık tarafları görmeyiz. Tıpkı gördüğü her şeyi doğru zanneden çocuklar gibi. Örneğin sizin 'çocuğuna uzak, mesafeli durmaktır baba olmak' cümlenizin 'fikir babası' sizce kim?"

Azad Bey taktığı numaralı gözlüklerin ardından aydınlanıyormuş gibi bakarak beni dinliyordu. Toplum aydınlanmayı, öğrenmeyi, özgürleşmeyi bekleyen erkeklerle doluydu. Çünkü toplum birçoğunu yarattığı erkeklik ve babalık normlarına hapsetmişti ve onları o kurallar içinde her gün boğuyor, sorgulamalarına dahi izin vermiyor, bu içselleştirilmiş ve normalleştirilmiş eziyetten çok azı kurtulup özgürleşebiliyordu.

"Elbette babam, başka kim olacak? Ama Derin Hanım... Ne bileyim, babam yaptıysa doğrudur, ben de öyle yapmalıyım, diye düşündüm. Mahallemizde de böyleydi. Babalar hep çocuklarına uzaktı. Öyle gördük biz, böyle alıştık, başka bir örnek görmedik ki. Bir babayla oğlunu el ele yürürken görmedik hiç; bir babayı oğluna sarılırken, onun başını okşarken görmedik. Genelde anneler oğullarına daha yakındı, ben de kendi ailemde karımdan bekledim bunu. Ona yükledim bu sorumluluğu."

Azad Bey'e oğluyla kurduğu ilişkinin babasıyla kurduğu ilişkinin birebir aynısı olduğunu göstermiş olmak zinciri kırmanın ilk adımıydı. Ne acı ki Azad Bey'in anlattığı gibi hafızamız da bizden önce yaşananları miras alıyordu. O miraslar da bizimle yaşıyordu. Bazen değeri beş para etmeyen hafıza mirasları...

"Sizin örnek görmemeniz sizin de örnek olamayacağınız anlamına gelir mi peki?" diye sordum.

Hafifçe tebessüm ettikten sonra, "Doğru söylüyorsunuz," dedi. "Hiç böyle düşünmemiştim."

Zaten düşünülmediği, erkekliği ve babalığı hapsettikleri tanımların dışına çıkılmasını "zararlı", "yanlış" ve "yakışmaz" buldukları için bazı acılar sürekli tekrarlanıp duruyordu. Azad Bey'in oğluyla kurduğu ilişki, bir bakıma toplumla da kurduğu ilişki demekti. Aile içi ilişkiler aracılığıyla insan toplumla da yüzleşirdi. Eğer toplumdaki erkekliğe ve babalığa uygunlarsa kabul görürdü erkekler ve babalar. Bu yüzden onları anlamak, değiştirmek ve dönüştürmek elzemdi.

"Erkekliğe de, babalığa da bu kadar çok anlam yüklemeyin. Siz de yeri geldiğinde ağlayabilir, duygulanabilir, güçsüz, parasız olabilir ve evin direği olmadan da evinizde kalabilirsiniz. Bunlar sizin değerinizi azaltmaz, sizi daha az erkek, daha az baba yapmaz."

Cümlelerimi takip ederken Azad Bey'in duygulandığını görüyordum. O dinleyip kendince aydınlandıkça, ne zor şey erkek olmak diye düşünüyordum; bu kadar anlamı sırtına yükleyip taşımak ne ağırdı. Bu manzara karşısında hüzünlenmiştim. Çünkü taşıdığı yükün toplumsal ağırlığıyla yüzleşmek, bu anlamları sırtında taşıyarak geçirdiği onca seneyi geri getirmeyecekti. Ama hâlâ kurtarabileceği bir ilişkisi vardı. Oğlu, evladı... Onunla olan ilişkisini kurtarmasına yardım etmem gerekiyordu.

"Ve unutmayın ki siz babanız gibi olmak zorunda değilsiniz. Zaten babanız yüzünden ne kadar incindiğinizin farkında değil misiniz? Bana da babanızın hayat mücadelesi içinde sizi nasıl unuttuğunu anlattınız... bu esnada onun sevgisini ne çok aradığınızı ama bulamadığınızı. Şimdi aynı şeyi bir kez de oğlunuza yaşatmak niye? O sizin sevginize aç, sizi bekliyor... O neden sizinle aynı acıyı yaşasın? Bunu ona yaşatmayın çünkü baba olmak, babanız gibi olmak demek değil. Siz kendi babalığınızı yaratacaksınız. Belki de zamanında görmek istediğiniz babalığı şimdi oğlunuza yaşatacak, görmek istediğiniz babaya dönüşeceksiniz."

Azad Bey bu sefer gülümsüyordu. Sanki kafasında bazı taşlar, aynı satrançta olduğu gibi, kendine yeni yerler belirliyor, yeni hamleler öğreniyordu...

"Bundan sonra daha farklı bir Azad olmaya çalışacağım. Sanırım siz bana nasıl bir erkek ve baba olmamam gerektiğini öğrettiniz bugün," dedi.

Birine ne olmaması gerektiğini söylemek ne olması gerektiğini söylemekten daha mühimdi aslında. Çünkü şimdi Azad Bey, babası gibi olmamayı öğrenirken, kendi babalık kavramını kendi oluşturacaktı. Son söylediklerini tebessümle dinlemiştim.

"Ne çok kavramın içinde sırf başkalarının zihnindekilere uyacağız ve bu yüzden yargılanmayacağız diye çabalayarak yaşıyoruz," dedi Azad Bey ve ardından teşekkür ederek odadan çıktı.

Bir erkeğe bunu söyletebilmek, onu yargılanma korkusundan kurtarıp kendine ulaştırmak çok önemliydi benim için. Dahası bir erkeği, ona zarar veren babası haline gelmeden oğluyla barıştırmak daha da önemliydi.

Pencereden bakarken ofisimin sokağından yürüyerek uzaklaşırken gördüm Azad Bey'i. Adının anlamını taşıyor ve hakkını veriyor gibiydi.

Artık "özgür"dü Azad Bey.

20

Eve döndüğümde aklımı kurcalayan sorular da benimle beraber dönmüştü. Aklımızı kurcalayan şeyler hep bir döngü halindeydiler, bir yolculukta gibiydiler. Gidiyorlar ve bir cevaba ulaşamadıklarında tekrar geri dönüyorlardı. Çünkü onlar da düğüm olmuş ipler gibi çözülmek ve rahatlayıp yollarına devam etmek istiyorlardı. Aklımızdaki düğümlerin sesini duyabilmek kıymetliydi. Onları daha fazla karışmadan durup dinlemeliydik.

Bu yüzden geçen gece ben evimin adresini söylemeden Yiğit'in beni evime nasıl bıraktığını düşünmeden duramıyordum. Her ne kadar zamana bırakmaya karar verdiysem de bunu kolay kolay beceremeyenlerdendim; her şeyi oluruna bırakamayanlardandım.

Adresimi bilmeden beni nasıl eve bırakmıştı? Nasıl bulmuştu yolu, nereden gidileceğini? Sağ sapağın mı, sol sapağın mı doğru olduğunu? Nereden öğrenmişti sıralı apartmanlar arasında bir evde oturduğumu? Başkasından mı öğrenmişti yoksa ben mi ağzımdan kaçırmıştım? Hızlıca geceyi düşündüğümde ona nerede oturduğuma dair hiçbir şey söylemediğimi anımsadım. Ne ofisimi, ne evimi ne de başka bir yerin adresini söylemiştim. Aksine, gerçekten sadece havadan sudan konuştuğumuz bir gece olmuştu. Kişisel hiçbir şeyden bahsetmemiştim. Hem neden evimin adresini söylemeye gerek duyacaktım ki?

Gecenin zifiri karanlığında ve sessizliğinde açık penceremden içeri süzülen, benden uzak, yaşamın kalabalıklığına yakın arka sokaklardaki korna sesleri ve kedilerin birbirleriyle konuşur gibi çıkardıkları tiz mırıltılar eşliğinde uyuduğumda, saat üç olmuştu. Yavaş yavaş daldığım rüyamda bilinçaltım hızla çalışmaya başlamıştı. Rüyamda önce dar bir yolda, araba farları gözlerimi acıtırken koşuyordum. Daha sonra ormana doğru kaçıp ağaçların arasında koşmaya devam ediyordum. Bu öyle bir koşuydu ki sanki bir suçluyu, bir katili, bir mahkûmu arıyordum.

Bir cinayet işlenmiş ve katilini benim bulmam istenmiş gibi aceleyle ve nefes nefese hareket ediyordum. Neden ben arıyordum? Bunu bilmiyordum. Koştukça hatırlıyordum ki bu katilin cezasını verecek yargıç bendim. Ülkenin en başarılı, en önemli yargıçlarından biriydim. Suçlulara cezalarının sorumluluğuna katlanmaları gerektiğini söyleyecek, onları hapse tıkacak ve akıllarını başlarına getirecektim. Kan ter içinde koşarken ve yüzümden akan damlalar yaşam kokan toprağa karışırken birinin de benden kaçtığını hissettim. Az önce gecenin karanlığında yalnız başıma koşuyorken, şimdi başka birini görmüştüm. Benden bulmamı istedikleri kişiydi bu. Bir erkekti. Kim olduğunu tam göremiyordum, ağaçların arkasına saklanıyor, yüzünü bana dönmüyordu. Ona yaklaşır gibi olduğumda yön değiştirip diğer tarafa kaçıyordu. Aynı tempoda koşan yabancıya, hızlanmama rağmen bir türlü yetişemiyordum. Neden hızlanmam bir işe yaramıyordu? Gerçek hayatta inanıldığı gibi acele işe rüyalarda da şeytan mı karışıyordu? Şeytan, insanların kendi yaptıklarına mazeret bulmak için yarattığı o kavram, rüyalara da uğrar mıydı hiç? Yoksa rüyalarda mazeretlere yer olmaz mıydı?

"Kaçma artık, yeter, seni er ya da geç bulacağımı bilmiyor musun?" diye seslendiğimde, kahkaha atıp tekrar koşmaya devam ediyordu. "Bana emir verildi, dur artık," dediğimdeyse hiçbir şey söylemiyor, arkasına bakmadan, kim olduğumu dahi merak etmeden durmadan koşuyordu. Ormanın içinde benden daha yaşlı birinin peşinden koşup onu yakalayamıyordum. Ne garip bir rüyaydı. Hem bir yetişkin gibi hızlıydım hem de çocuktum. Ellerime baktığımda çocuk elleri görüyordum. Zaman rüyanın dışında dünyada kalmış, yalnızca dünyaya ait bir kavramdı sanki. Rüyalarda zamana yer yoktu. Rüyada gençliğe, yaşlılığa, bugüne ve yarına yer yoktu.

Koşmaya devam ederken bir ağacın altında yüzünü elleriyle kapamış, bacaklarını karnına doğru çekerek tek başına oturan birini gördüm. Yüzünü öyle gizliyordu ki kim olduğu hakkında hiçbir fikrim yoktu. Durursam adamı kaçıracağımı düşünüyordum ama durmam gerektiğini de hissediyordum. Çünkü bu çocuğun burada tek başına oturmasının da bir anlamı olmalıydı. Onu da mı yakalamalıydım? Yoksa o da mı kaçan adam gibi suçluydu? Hayır, yakalamam gerekmiyordu ama onunla konuşmalıydım. Böyle hissediyordum. "Hey, ellerini yüzünden çeksene, ne oldu sana?" diyerek konuşmaya çalıştım. Kendi sesimi duyduğumda küçük bir kız çocuğunun sesiyle konuştuğumu fark ettim. Ben ellerini yüzünden çekmeye çalışırken o daha da çok bastırıyordu. "Ne oldu? Sana yardım edebilirim, bana söyleyebilirsin, yargıcım ben," diyerek ona dokundum ve bu sefer dokunduğum yer, sıska, küçük, tüysüz bacaklarıydı. Ona dokunduğumda, sanki iyi biri olduğumu anlamışçasına ellerini yüzünden çekip, "Bu taraftan koş," diyerek bana başka bir yolu işaret etti. Adam gösterdiği yönde koşmaya devam ediyordu.

Çocuk bana yolu göstermek istediğinde yüzünü ilk kez görmüş ve onu hemen tanımıştım.

Bu, Yiğit'in çocuk haliydi.

21

Sabah uyandığımda sırılsıklamdım. Elimle alnıma dokunduğumda ne kadar terlemiş olduğumu fark ettim. Nasıl saklanan eski konser ya da uçak biletleriyle karşılaşıldığında insanın üstünde "O gün ne güzeldi, çok güzel şeyler yaşanmıştı," dedirten pembe bir mutluluk kalıyorsa, rüyalar da eğer heyecanı yüksekse insanın vücudunda boncuk boncuk ter ve zihninde karanlık bir etki bırakıyordu. "Gerçek" dediğimiz şeyden bile daha gerçekti bazen rüyalar. Bu yüzden hayatla hep iç içe ve duygularla hep çok yakındı.

Komodinin üzerinde duran saate baktığımda, 9:26'yı gösteriyordu. Yatakta gözlerimi tavana dikip rüyamı hatırlamaya çalışırken, bunun gece yatmadan önce Yiğit'in beni evime nasıl bıraktığını sorgulamamın bir sonucu olabileceğini düşündüm. Rüyalar bazen çok düşündüklerimizin sesi de oluyordu...

Aynı zamanda bilinçaltımda kendimle veya başkasıyla konuşmadığım birçok şeyin de rüyalarda gizli bir yaşam sürdüklerini biliyordum. Hem bize bağımlı hem de bizden bağımsız yaşayan rüyalar çeşit çeşitti ve onların da birer tarihçesi vardı; yaşamdaki diğer her şeyin bir tarihçesinin olduğu gibi... Tarihte psikoloji bilimi gelişmeden çok önce insanlar rüyalara kehanet gözüyle bakmışlardı. Eski Mısır'da insanlar bir şeylere karar vermeden önce veya endişeli ruh hallerindeyken tapınaklara gider, oralarda uyur ve uyandıklarında gördükleri rüyaları rahiplere anlatıp onlara ilahi anlamlar yüklerdi. Bazıları rüyalar vasıtasıyla doğaüstü mesajlar aldıklarına inanmış, bazıları rüyalarıyla geleceğe giderek geleceği yorumlamış, bazıları "şu ânı" rüyalarla okumaya çalışmıştı. Bazıları da Tanrı'nın rüyalarla insanlara mesajlar ilettiğini, hatta ileri giderek Tanrı'nın bizzat insanlarla konuştuğunu ileri sürmüştü. İnsanın ruhunda ikili bir yaşam saklıydı: Rüya hali ve uyanıklık hali. Hangisi öndeydi? Hangisi daha gerçekti? Hangisi daha mühimdi insan için? Hangisini yorumlamak daha doğruydu, insanı ve yaşamı anlamak için? Ben ikisini de ayrı ayrı değerlendiriyor, anlamaya çalışıyordum. Bana göre rüyalarını çözen aslında yaşamını da çözerdi. Çünkü rüya ve yaşam hep kol kolaydı.

Öyle önemli ve derin bir konuydu ki rüya, tarih boyunca Romalılar, Yunanlar ve Ortadoğu'da yaşayan birçok insan rüyaların ne olduğu hakkında sürekli bilgi edinmeye, onu çözümlemeye çalışmışlardı. Bense psikoloji bilimiyle ilgilendikçe Freud'un rüya yorumlamalarıyla içli dışlı olmuş ve rüyaların bilinçaltına ittiğimiz şeylerin bir yaşam merkezi, bir nefes alanı olduğu sonucuna ulaşmıştım. Bu diğer âlemimizin yaşam merkezini iyi okursak, dünyadaki yaşamımızı da anlayabilirdik. Rüyalarda yaşamda yapamadıklarımız yapılıyordu. Fakirsek zengin oluyorduk, yalnızsak bir sevgilimiz oluyordu, yaşlıysak gençleşebiliyorduk ya da benim gördüğüm gibi yetişkinsek çocuk olabiliyorduk. Zaman çok uzak bir kavramdı rüyalarda. Zamanın anlamının olmadığı bir yerdi rüyalar. Bugün yoktu, yarın yoktu, dün yoktu... Rüya, insanın dünya dışındaki başka bir evi, başka bir ülkesiydi. İkinci ya da belki de aslında ilk ülkesi. Sahip olduğu ilk vatandaşlığı. Belki de yaşama başladığı ilk yer.

Yiğit'i neden rüyamda gördüğümü de anlamıştım. Aslında rüyam bana Yiğit'in yol gösterebileceğini söylüyordu. Yiğit'le isteyip de konuşamadıklarımı rüyamda konuşabilmiştim. Ama daha fazla beklemek istemiyordum. Çünkü rüyamda yol gösterdiği gibi, belki gerçekte de bana yol gösterebilirdi Yiğit; varmak istediğim yere yürürken bana eşlik edebilirdi.

Soğuk bir duş alıp salondaki kanepeye bornozumla uzandım. Saçlarımdan süzülen damlalar başımın altındaki havluya düşerken, elimde telefonumla aklımdaki iki şeyi çözmeye çalışıyordum. Birincisi, Yiğit'e mesaj atarak bazı şeyleri sormalı mıydım? İkincisi, bunu yapmam mantıklı olur muydu? Hayatta her zaman mantık aranmayacağını, bazen bazı durumların "şart" olduğunu düşünüyordum. Şarta ne mantık gerekirdi ne de duygu. Onlar şarttı ve sadece yapılması gerekirdi. Duygu ne derse desin, mantık ne derse desindi...

İçimdeki ses Yiğit'e mesaj atmamı söylüyordu. Çünkü onun bir şeyler bildiğini, adresimi sormadan beni eve bırakmasından anlamıştım. Bu, kesinlikle bir tesadüf değildi. Hayattaki hiçbir şeyin tesadüf olmadığı gibi...

Kurulanıp üzerime bir pantolon ve bir bluz geçirirken, bir yandan da atacağım mesajın nasıl bir mesaj olması gerektiğini kurguluyordum. Kararımı vermiştim. On dakikadır düşüncelerimle beraber elimde sallanıp duran telefonumu açtım. Ne şans ki o doğum günü gecesi Doruk'la fotoğrafımı bana gönderdiği için artık Yiğit'in numarası rehberimde kayıtlıydı. İsmine dokunarak mesaj bölümünü açtım, kafamdakileri yazmaya başladım. Düşünceler aklımdan kelimelerle beraber akarken, onları ekranda bir film sahnesiymiş gibi izledim.

Yiğit merhaba. Anladığım kadarıyla bazı şeyleri bilen yalnızca ben değilim. Doğru mu?

22

Hayatta olup biten her şey aslında önce aklımızın içinde olup bitiyordu. Mesela gözlerimizle görürken, aslında önce aklımızla görüyorduk. Elimizi, selamlaşmak için başkalarına uzatırken, aslında onlarla önce aklımızın içinde selamlaşıyor, tanışıyorduk. Hatta birilerini dudağından öperken bile ilk önce aklımızla öpüyorduk. İnsan ne işitsel, ne dokunsal, ne görseldi; insan sadece akılsal bir varlıktı. Akılla yaşayan ve daima akılda var olan.

Akıl çok özel bir yaşam merkeziydi. Akıl yoksa yaşam da yoktu. Eğer beynimizin içinde küçücük bir nöron yer değiştirse ya da hasar görse, tüm yaşam bizim için baştan aşağıya yer değiştirirdi. Bunu hayatım boyunca inanılmaz ilgi çekici ve esrarengiz bulurken, şimdi yaşamımın yine aklım sayesinde bambaşka bir yola doğru sürüklendiğini, hatta sürüklenmekle kalmayıp âdeta küçük bir çocuk gibi yuvarlandığını hissediyordum. Akılda değişim, yaşamda değişimdi ve yaşam dediğimiz şey, sadece mantık ya da sadece duygu gibi tek bir noktadan hareket edilecek bir yer değildi. Eğer her şeyi mantığımızla yaparsak, yaşamın o esrarengiz, o tuhaf, o ilgi çekici, o can alıcı, o macerası yoğun kısımlarını yaşayamazdık. Yani mantık, aynı o çok bilinen söz gibi, bizi sadece A noktasından B noktasına götürür, biz C noktasını ararken, B noktasında takılıp kalabilirdik. Duygularımızsa, belki bizi birilerine göre aptal, gurursuz, güçsüz veya ziyan gösterebilirdi ama hayatlarımızı canlı kılar, bize kendimizi yaşıyor, savaşıyor, mücadele ediyor veya nefes alıyor hissettirebilirdi. Fakat duygularımız da özgürlük merakı yüzünden bazen mantıkla el ele yürümeyi bırakıp, kendi başına neler yapabileceğini görmek isteyebilirdi. Yani duygu da mantık da, yola çıkarken yalnızca biri seçilecek kavramlar değildi bu hayatta…

Yiğit'e mesaj atmaktan hiç pişman olmamıştım. Onun bu mesajı görmesine ihtiyacım vardı. Beni, ama "gerçekten beni" görmesine ihtiyacım vardı. Neden ilk onun görmesini istediğimi bilmiyordum ama bu isteğimi durduramıyordum. Ve bu ihtiyacımın çok ruhsal bir ihtiyaç olduğunu, kendime itiraf edemediğim bir hüzünle içimde hissediyordum.

Ne garipti; "görülmek" dediğimiz şey, sadece gözlerle olmuyordu. Ne yazık ki çoğu insan birini görünce, ilk sezgilerinin ilk önyargıları olduğunu bilmeden, kesin hükümle karşısındakini tanıdığını zannediyordu. Karşısındakinin aslında nasıl göründüğüyle, neye ihtiyacı olduğuyla ilgilenmiyordu kimse.

İnsanlara baktığımızda, onların yaşamlarını göremiyorduk ki, göremezdik de. Kim şimdi benim çocukluğumun en hassas tarafını bilebilirdi? Kim ben sokaklarda yürürken en kırılgan tarafımı okuyabilirdi yüzümden, yürüyüşümden, giydiklerimden? Kim bilirdi, benliğimin bile bilmekte zorlandığı en karanlık kuytularımı? Acaba insanlar beni veya bir başkasını tanıdıklarını zannederken, aslında hiç tanımadıklarının farkında mıydılar?

Umarım Yiğit ben boğulmadan, beni bu sudan kurtarabilirdi...

23

Yiğit'e mesaj attıktan tam yarım saat sonra cevap geldi. Telefonu elime almadan evvel muhtemel yanıtları aklımda hızlıca kurgulayıp durdum. Hangisinin daha doğru olduğuna karar veremeden, telefonumun ekranında şöyle bir mesaj gördüm:

> Dilersen, iki saat sonra, Tarabya sahilinde, sahildeki otelin önündeki banklarda.

Mesajda sadece bu yazıyordu. Bir taraftan korkarken diğer taraftan heyecanlanmış, koştura koştura söylediği yere gitmek istiyordum. Tabii ki çok düşünmeden gitmeye karar verdim ve ona hemen kısa bir cevap yazdım.

> Tamamdır, orada olacağım.

Yol boyunca Yiğit'in benimle neler konuşabileceğini düşünüp durmuştum. Bir şeyler biliyordu muhtemelen ama bildikleri neydi? Biliyorsa ne kadarını biliyordu? Doğruyu mu, yanlışı mı? Anlatılanı mı, yaşanılanı mı?

Arabamı Tarabya'da bir ara sokağa park ettikten sonra otele doğru yürümeye başladım. Hava esintiliydi, aynı içim gibi... Rüzgâr estikçe gerginliğimi daha çok hissediyordum. Otelin önüne yaklaştığımda uzaktan Yiğit'i hemen tanıdım. Bir bankta sessizce oturuyordu. Ellerinde oltaları olan birkaç balıkçı önünde sohbet ediyor, etrafında otelin otopark görevlileri koşturuyor ve yanı başında bisikletinde oturmuş muhtemelen telefonundan gideceği yer için navigasyona bakan genç bir çocuk duruyordu. Yaşamdaki küçük anlar bazı insanlar için sıradan bir şekilde akıp giderken, başka bir insan için ne kadar önemli olabiliyordu. Bunu, bir an bir kez daha fark etmiştim.

Üzerime giydiğim bordo hırkamın fermuarını yukarı çekip ellerimi de hırkamın geniş ceplerine yerleştirirken, "Selam," diyerek yavaşça Yiğit'in yanına, uzun kahverengi banka oturdum. Bankın üzerindeki yazılar üzerinde insanlar oturdukça silikleşmişti, hayatın sonsuz değişimini hatırlatır gibiydi...

Yiğit, "Selam, hoş geldin," derken gözlerini denizden ayırmadı. Yüzüme bile bakmamasını garip karşılamamıştım. Bir şeyler anlatmaya hazırlanmış insanların dikkatleri dağılmasın diye karşısındaki insanla göz göze gelmek istemediğine çok şahit olmuştum.

"Biliyor muydun?" diyerek başladı sözüne. Hâlâ pürdikkat denize bakmaya devam ediyordu.

"Tarabya'nın adı Therapeia'dan geliyormuş. Bir rivayete göre, Bizans döneminde 5. yüzyılda Patrik Attikos, temiz havası ve şifalı sularından dolayı buraya Therapeia adını vermiş. Diğer bir rivayete göre de burada yediği balığın tadına doyamayan Osmanlı padişahı Sultan II. Selim bir saray yaptırıp adını Tarabiye, yani 'keyif' koymuş. Seni de bu yüzden buraya çağırdım. Bu sefer de bana terapi yapman için. Hem de terapi adının kökeni olan bir yerde. İlginç, değil mi?"

Konuşurken arada bana bakıyor ve tebessüm etmeye çalışıyordu. Aslında bakışları biraz da benim ne halde olduğumu kontrol etmek için gibiydi. Şaşkın, hüzünlü, mutlu, rahatsız, gergin veya neşeli. Hangisiydim?

"İlginçmiş. Tarabya'nın adının böyle bir geçmişi olduğunu hiç bilmiyordum," dedim. Daha sonra bir anlık sessizlik oldu. Sessizliği ben bozdum.

"Senin neden terapiye ihtiyacın var?"

"Terapiye ihtiyacı olmayan var mı ki?" dedi. Sesinde söylediği cümleye güçlü bir inanç hissettim.

"Doğru söylüyorsun, bence de yok... Hele de hasta toplumlarda."

"Hasta toplumlar derken? Bence hasta toplumları hasta aileler oluşturur," dedi.

Buraya gerçekten toplumbilimden bahsetmek veya aileler hakkında psikolojik tespitler yapmak için mi gelmiştim? Anlayamamıştım.

"Haklısın, orası elbette öyle ama bence önce toplum hasta olur, ardından aileye bulaştırır," dedikten sonra duraksadım. O da bir süre hiçbir şey söylemedi. İkimiz de sessizce denizi izledik, denizin sesini dinledik. Denizdeki dalgalar arada bir kabarıyor sonra tekrar sakinleşiyordu. Sanki uzaktan bakınca denizler de hayatın kendisi gibiydiler. Bazen dalgalı, fırtınalı; bazen sakin, telaşsız, durağan... Hayat, deniz ve insan. Birbirlerine ne çok benziyorlardı.

Yiğit muhtemelen konuya nasıl gireceğini bilmiyordu. Bu sessizliğinin bir sebebi olmalıydı. Belki de hiç kimseyle önceden böyle bir konuşma yapmak zorunda kalmamış veya böyle bir durumda bırakılmamıştı. Bir anda, bir cesaretle artık konunun beklediğim yere gelmesini istediğimden Yiğit'e dönüp, "Biliyor musun?" dedim. Sorumu, içinde kocaman hayatımı barındıran iki küçük kelimeyle sormuştum. Kelimeler içlerine nasıl bu kadar çok şey sığdırabiliyorlardı? Bazen, özellikle böyle anlarda, kelimelerin yaşamdaki esrarengiz ve mistik gücüne hayret ediyordum.

"Evet," dedi. Cevap verirken gözleri görebileceği en uzak noktaya bakıyor gibiydi.

O esnada, cevap kulağımdan beynime doğru sessiz bir yolculuktayken saçlarım da rüzgârla uçuştular... Kimsesizliğim ilk kez bir kimse mi bulacaktı kendine? Yaşadıklarım, hayatımda ilk kez bir tanıkla mı tanışacaktı şimdi?

Belki de Yiğit birazdan benim en kırgın, en canı acıyan, en yalnız tarafımı bilen biri olarak yaşamımın tarihine geçecekti. Gerçek bir tanışma yaşanacaktı aramızda belki. Fiziksel tanışma el ele, ruhsal tanışma da biriyle ancak yüz yüze gerçekleşebiliyordu hayatta.

"Ne kadarını?" diye sordum önce, "Nasıl?" dedim sonrasında aceleyle.

"Gerçekten bilmek istiyor musun?" diyerek ve sadece yüzünü bana çevirerek dönüp baktı gözlerime. Yüzüne yaşının değil, yaşadıklarının ağırlığı ve hüznü çökmüştü. Sorusuna cevap vermesem bile gözlerine yalvararak bakışımdan "evet" cevabını almış olacak ki anlatmaya başladı. Yeniden denize dönmüştü gözleri...

"Babam yaptığı yardımlarıyla tanınıyordu. Tabii bunun öncesinde çok çalıştığından ve çevresini çok genişlettiğinden durumumuz gittikçe iyileşmişti. Medya dünyasında bilinirliği de aynı oranda artıyordu. Devleşiyordu yani babam. Belki sen de bilirsin, medya dünyasında tanınırlığın arttıkça sosyal sorumluluklarının da artması beklenir. Toplum senden kazandığın parayı nereye harcayacağını görmeyi bekler. Bu yüzden bazı sosyal sorumluluk projeleri gerçekleştirmeni isterler. Çocuklar için bir şeyler yapar bazıları, bir başkası hayvanlar için proje geliştirir, bazısı da kimsesiz çocuklar için... Babam kimsesi olmayan çocuklar için yardım yapmayı çok istemişti. Onlar için bir şeyler yapmak gerektiğini söylemişti."

Yiğit'i dikkatle dinlerken gözlerimi kaçırmamak için kendimi zor tutuyordum. Sanki bakışlarımı Yiğit'ten bir an ayırsam gözyaşlarım dökülüverecekmiş gibi hissediyordum.

"Babamın isteğini tüm aile sevinçle karşıladı. Kimsesiz çocuklara yardım etmekten daha güzel ne olabilirdi ki? Hepimiz bunun gerekli olduğunu ve babamın da ismiyle buna destek sağlamasının topluma çok güzel bir örnek oluşturabileceğini söyledik. Daha doğrusu, o zamanlar annem de az çok işlerden anlamaya başladığından o söylüyor, ben dinliyordum. O zamanlar daha çok küçüktüm. Çat pat anlıyordum bazı şeyleri."

Söylediklerini dinlerken, içimden hızlı hızlı anlatmasını ve bir an önce bitirmesini diliyordum. Yiğit'in benimle ilgili neleri bilip neleri bilmediğini hemen öğrenmek istiyordum. Bazen zaman insan için âdeta bir hapishaneydi.

"O gün işte..." dedi. Birden bana doğru döndü, utanarak ve gözleri dolu dolu baktı. "Sizin kimsesizler yurduna geldik. Herkes sevinçle babamı karşıladı. Gerçekten o zamanlar daha da medyatik bir isim olduğundan görünürlüğü de çoktu. O yüzden öğretmenler, müdürler coşkuyla selamlamışlardı babamı. Ben de o gün babamın yanındaydım."

Nefesim daralıyordu ama dinlemek için dayanmaya çalışıyordum. Dayanacaktım da. Dayanmalıydım.

"Tüm çocuklara hediyeler getirmiştik. Babam birtakım maddi desteklerde bulunacağını söyledi, sonradan hakikaten yaptı da. İlgililer teşekkür etti. Ardından babam medyada yayınlanması için bazı fotoğraflar çektirdi, hepsi genelde medyaya servis etmek içindi. Derken her şey bittikten sonra, biz akşam biraz daha okulda kaldık. Görevliler bana da ilgi gösteriyor, babamın oğlu olduğum için beni de merakla tanımaya çalışıyorlardı. Nelerden hoşlanırdım, babam nasıl bir babaydı, Doruk nasıl biriydi, kaç dil biliyordum, derslerim nasıldı, okulumu seviyor muydum, kimsesiz bir çocukla arkadaş olur muydum, kendimi nasıl geliştirirdim? Bunun gibi sorulardı hepsi. Ailemizi ve beni merak ediyorlardı. Babam ise o sırada arabadan bir şeyler almaya gitmişti. Yanlış hatırlamıyorsam arabada okula dağıtacağı bazı kitaplar vardı. Ama gelmesi uzun sürdüğünden ve ben de babam yokken içeride sıkıldığımdan dışarıya çıktım. Binanın arkasında uzağa park ettiğimiz arabanın oraya, babamın yanına doğru yürümeye başladım..."

Yiğit konuşmakta zorlanıyordu. Gözlerinin dolduğunu, anlatırken o güne gittiğini ve olan biteni yeniden yaşadığını hissedebiliyordum. Takvim gerçekten de şu anda değil, o gündeydi.

"Arabaya doğru ilerlerken, karanlık arka bahçedeki arabanın içinde anlık olarak bir ışığın yanıp söndüğünü gördüm. Arabanın içinde ışığı yakan bir kız çocuğuydu. Çünkü arkası dönük olsa da saçlarını görmüştüm. Arabanın tavan ışığını bir anlığına yakmıştı. Birden durdum, duvarın köşesine geçtim. Sonra o ışık hızlıca söndü ve ben de arabadan babamın inmesini bekledim. Olan bitene anlam verememiştim ve babam da uzun bir süre arabadan inmemişti..."

Yiğit bu sefer gözyaşlarına hâkim olamıyor, ağlıyordu. Ben de onunla beraber ağlıyordum çünkü o anlatırken, ben de oraya, o arabanın içine, en büyük güçsüzlüğüme geri dönmüştüm. Hiç dönmek istemesem de oradaydım yine. Bir adamın elinden kurtulmaya çalışan, "Yapma amca ne olur, bırak beni gideyim!" diyen ve fırsat bulduğu anda ışığı yakarak karanlıktan kaçmayı deneyen o kız çocuğu olmuştum; tekrar, tekrar ve tekrar... Yaşadıklarıma, bana o acıyı yaşatan kişinin oğlunun tanık olmasıysa bir yardım mı, yoksa bir lanet mi bilemiyordum.

"Özür dilerim. Bu olayı yıllar sonra ilk kez biriyle paylaşmak... Çok özür dilerim Derin. Senden nasıl özür dileyeceğimi bilmiyorum, daha fazla anlatmak da istemiyorum. İşte böyle, biliyorum her şeyi."

Yiğit özür dilerken ben de ağlamaya devam ediyor ve aynı anda, üzüntüyle de olsa birçok konuda aydınlanma yaşıyordum. Kafamdaki bazı taşlar yerlerine oturuyor, henüz oturmayanlar da o ânın tanıklığıyla yardımıma koşmaya başlıyordu.

Yaşadığım olayın ardından arabadan inip ruhumun dilsizliğiyle yurda doğru yürürken bana yaklaşıp, "Adın ne senin?" diye ısrarla adımı öğrenmeye çalışan, beyaz gömlekli, dik saçlı o çocuk Yiğit'ti demek. Yıllar boyunca o karşılaşma hafızamdan silinmiş gibiydi, şimdi geçmişten kopup sahne sahne zihnimde yeniden ortaya çıkıyordu.

"Senelerce bunları bilerek yaşamak, yaşarken söyleyememek ama yaşamak... Derin inan öyle zordu ki," dedi Yiğit. Bir yandan bu kadar acıttığım yeter der gibi bakıyor, bir yandan da anlatmadan edemiyordu.

"O mektubu sana yazan bendim. Seni ailemden korumak isteyen bendim. Bir daha hatırlama diye yazdım o mektubu. Gelip babamı görme diye. Ama olmadı. O gün o şaşkın, donuk halinle bana adını söyleyince ben adını hiç unutmadım, unutamadım! Babam sadece sana değil, bana da en büyük kötülüğü yapmıştı... Seni incitirken, ben de incinmiş, mahvolmuştum. Ve işin kötüsü, ben o adamla seneler boyunca, kahrola kahrola aynı evin içinde yaşadım..."

Yiğit'e sarıldım. Öyle çok, öyle etraflıca sarıldım ki gözyaşlarımız bile birbirini kucakladı. Onlar da aynı acının altında sarılıp dost oldular. O an çocukluklarımız yan yana gelip şefkatle birbirlerinin saçlarını okşadılar. Etrafımızdaki kimseyi umursamadan sarılıp ağlıyor, acı hatıralarda aynı yolculuğu yapıyorduk. Elimle önce onun gözyaşlarını sonra kendi gözlerimi sildim.

"Eylül dememiş miydim adımı? Öyle büyük şoktaydım ki hatırlamıyorum bile. Eylül dediysem, beni nasıl buldun?" diye sordum.

"Hayır," dedi Yiğit. "Adını sorduğumda önce bana, 'Eylül,' dedin. Ardından duraksayıp 'Derin' dedin. 'Benim adım Derin Sözeri,' diye ekledin hatta. Öyle güçlü, öyle kendinden emin söyledin ki... Muhtemelen yaşadığın şoktan dolayı değişik bir ruh haliydi o. Hiç aklımdan çıkmadı, çıkamadı."

Yiğit'in gözünden kendimi dinlerken, yeniden Derin değil, Eylül olmuştum çünkü o anlar Eylül'ün anlarıydı. Bir senenin son ayları gibi, vazodaki bir çiçeğin son günleri gibi, bir yaşamın son nefesleri gibi, Eylül'ün de son anlarıydı o anlar... Yavaş yavaş hatırlamaya devam ediyordum. O yaşadığımdan sonra kendime yeni bir isim koymuştum hemen. Bitmek bilmeyen o dakikalar sırasında Eylül olmak öyle ağır gelmişti ki kendimi hemen o sarsıntıdan kurtarmak içindi kendi kendime yeni bir isim, yeni bir hayat doğurmak...

Her şey şimdi yerli yerine oturuyordu. Yiğit o mektubu yazıp bana, "Bu kadar cesaretli olma," derken, beni korumaya çalışmıştı demek ki. Yıllarca, hem de yıllarca bu ağır yükü tek başına sırtlayıp babasının yaptıklarını bile bile o evde yine babasıyla yaşamak zorunda kalan da oydu! Benimki ne kadar zorsa, onunki de en az benimki kadar zor olmalıydı. Kim böyle bir babayı severdi ki?

"Nasıl geçirdin senelerini? Hem kendinle hem babanla, nasıl atlattın? Beni nasıl buldun, nasıl izledin?" diye sıraladım sorularımı. Gözyaşlarımı silerken bir yandan da artık kendime gelmeye çalışıyordum.

"Çok uzun hikâyem," dedi. "Her şeyi kendim çözmek zorunda kaldım. Babamı tamamen babalıktan çıkardım. Onu hiçbir zaman ciddiye almadım. Ondan nefret ettim. Hâlâ da ediyorum. O da bence bunu biliyor ve içten içe hissediyor... Sana gelince, senin adın hep aklımdaydı; bir gün, bir an olsun aklımdan çıkmadı. Babam değil sanki kendim yapmışım gibi içselleştirdim yaşanılan şeyi. Emin ol ki çok acı çektim. Babamın çekmediği acıyı onun yerine sanki ben çektim Derin. Geçen yıllar içinde, düzenli olarak adını araştırıp iyi misin diye seni elimden geldiğince kontrol ettim. Doruk senden biraz bahsedip ismini söylediğinde dünyam başıma yıkıldı çünkü bu kişi sen olmamalıydın!

Ama sen olmuştun işte! Seni korumak için o mektubu yazdım ama anladım ki sen hayatın korkan değil, yaşayan tarafındasın... Bu yüzden bundan sonra daima, tekrar ediyorum daima yanındayım Derin."

24

Kaç acı vardı, ayrı evlerde birbirinden habersiz odalarda aynı hüzünleri paylaşan? Birbirine kardeş kaç duygu vardı, sessizce evrende var olan ama sanki dili yokmuş gibi hiç konuşamayan? Kaç anı vardı, insanların hafızalarında söylenmeyen, birbirinden habersizce pervane misali dönüp duran?

Yiğit, acıma tanık olup bu acıyı derininde bir yerde ve sessizce benimle paylaşan tek kişiydi bu dünyada. Artık Yiğit benim yaşamımın tarihine geçmiş, ismini kazımıştı zihin defterime, hem de kalın kalın harflerle. "Babasının oğlu," derlerdi bir de erkeklere. Her erkeğin genelde babasına benzediğini söylerlerdi. "Babası ne ki, o ne olsun?" derlerdi. "Babasına çekmiş, aynı babası..." diye tanımlarlardı. Bu cümleler aslında genel geçer doğrular arasında sinsice var olan, ısrarla yaşayan yanlışlardı. Çünkü bazı çocuklar babalarından kim olmaları gerektiğini değil, kim olmamaları gerektiğini öğrenirlerdi. Böylece babaları onlara yine rol model olurlardı ama bu kez var olanın tersinin doğru olduğu bir rol model...

Peki ya hüzündaş diye bir tabir var mıydı? Eğer varsa, Yiğit artık benim için oydu, hüzündaşımdı. Aynı acıyı paylaşanlara hüzündaş denilseydi keşke. Hüzündaş kelimesinin anlamı sözlükte şöyle yazsaydı mesela: "Sizi anlayan, aynı acıdan ya tanık olarak geçen ya da aynı acıyı sizden başka bir zaman diliminde yaşayan kimse."

O gün Yiğit'le ayrıldıktan sonra sürekli aynı şeyi düşündüm. İki ayrı kişinin yıllar boyunca birbirinden habersiz şekilde nasıl aynı hüzünleri, aynı tanıklıkları yüreğinde saklayabildiğini anlamaya çalıştım. Nasıl oluyordu da kimsenin bilmediğini düşündüğümüz şeyler başkaları tarafından da sahne sahne bilinebiliyordu şu hayatta? Bir acıyı tek başına yaşayan ve tek başına anlayan tek insanken, nasıl oluyordu da günün birinde aynı acıyı en az bizim kadar anlayan, anlamak isteyenlerle karşılaşabiliyorduk? Dünya bazen gerçekten de iyi bir yer olabiliyor muydu, var mıydı hâlâ bir umut?

Karışmıştı kafam ama Yiğit'in benden bağımsız yıllardır acıma tanık oluşu serin bir refahlık vermişti içime. Belki de senelerce hep yalnız olduğumu, bu olayı anlatsam da kimsenin bana böylesine destek olmayacağını düşünmüştüm. O gün çocuk haliyle Yiğit'in gelip de bana adımı soruşunu bile hayal meyal hatırlarken, nasıl bilebilirdim ki bana bu acıyı yaşatan kişinin oğlunun günün birinde karşıma geçip, "Seni duyuyorum, seni anlıyorum, senin yanındayım," diyeceğini... Ne garipti hayat, yıllarca süren sessizlik içinde nasıl böylesine bir yakınlığı barındırabiliyordu gizlice?

Belki de "sır" diye bir şey yoktu hayatta, onu bile biz uydurup yaşamda yer açmıştık bu kavrama; sırf birbirimize biraz daha güvenebilmek, daha samimi gülebilmek için. Yalanlar insanları birbirlerine karanlık bir iple bağlarken, kendimizden başka kimsemizin olmadığı gerçeği hayatımızı siyaha boyarken, güven duymak biraz olsun aydınlatıyordu ortalığı belki de.

Bu yüzden sır diye bir şey yok da ihtiyaç duyduğumuz gerçeklik için onu biz yaratmış, aslında onu birine verdiğimizde kendimizi daha güvende hissedeceğimizi düşünmüş olabilirdik.

Ama hüzündaşlarımız vardı evrende. Bizden habersiz ama aynı zamanda bizimle beraber, farklı evlerin yataklarında, acımıza tanık ve daima ortak olan... Bazıları geç tanışırdı onlarla ama henüz tanışmamış olmak, onların var olmadığı anlamına da gelmiyordu. Bazen o hüzündaşlarla tanışmak için insanın hayatta daha fazla yol yürümesi, belli bir süreyi yalnız geçirmesi, öncesinde farklı tecrübeler edinmesi gerekebiliyordu. Bir olayın yaşanması için ona hazırlık gerektiren başka bir süreç lazımdı sanki. Nasıl ki birine daha doğru hazırlanması için önce başka yanlışlardan geçmesi gerekiyorsa insanın, hüzündaşlarıyla tanışması için de bazı önemli bariyerleri atlayıp geçmesi gerekiyordur belki... Acıya ses verip yankısından umudu olmalıydı herkesin.

Yiğit'in, acımı yıllarca benden habersiz yüreğinde kucaklaması, başıma bir şeyler gelmemesi ve hep korunmam için Tanrı'ya dua etmesi, adımı zihninden hiç çıkarmayışı, varlığımı aklına bir sorumlulukmuş gibi ortak edişi, beni tatlı bir ürpertiyle etkilemişti. Onun bunu bilmesinden hem çok mutlu olmuştum hem de çok mutsuz. Çünkü hayatta, birinin aklına ağır bir yük bırakmak kadar korkunç çok az şey vardı. Hele de bu yük, tanık olması çok korkunç ve dile gelmesi daha da güç bir şeyse; insanı içine alıp yutardı. Yiğit'i de yutmuştu zaten. Babasına olan sevgisini yutmuştu, hayata olan güvenini yutmuştu, ailesine karşı belki evlat, belki çocuk olma duygusunu yutmuştu, gerçekliğini yutmuştu bu, gücünü yutmuştu. Sırrımı tek başıma yaşarken, yıllarca beni de ağzında çiğneye çiğneye yuttuğu gibi...

Yiğit'in söyledikleri kulağımda yankılanmaya devam ederken, içimden hep aynı cümleler geçiyordu:

Eğer bazı acıları acıtanlar sahiplenseydi, masumlar belki de hiç üzülmezdi.

Keşke herkes sır olarak yüreğinde asıl bunu taşısaydı.

25

Ertesi gün Doruk beni arayıp çok özlediğini, bu aralar nedense işleri yüzünden bana az zaman ayırdığını düşündüğünü söyledi. Sesinde okulu yaz tatiline giren çocukların neşesi vardı.

"Hadi, seni birazdan alıyorum, yeşilliklerle dolu, oksijene doyabileceğimiz bir yerlere gidelim," dedi. "Çok özledim seni; kokunu, gözlerini, ellerini…"

Ben de Doruk'u özlemiştim. Ama bu özlemimi kendime hatırlatabileceğim veya ona söyleyebileceğim bir an bulamamıştım. Bazı duygular, bazı zamanlar sessizdiler. Ağır şeylerle uğraşmak zorunda kaldığımızda bazı duyguların sesini kısıyorduk. Öyle ki eğer o sessizliğin farkına varmazsak, onlara sahip olduğumuzu bile unutuyorduk. Bir melodinin geçmişteki bir anıyı hatırlatması gibi, bir eşyanın bizi birden bir hatıraya götürmesi gibi Doruk'u özlediğimi ancak o söyleyince fark etmiştim sanki.

"Tamamdır, yarım saate hazır olurum," dedim ve hazırlanmaya başladım. Hafifçe bir makyaj yapıp üzerime pudra rengi tatlı bir elbise giydim. Altına da beyaz spor ayakkabılarımın yakışacağını düşündüm. Doruk'un arabasına bindiğimde onu öpüp duygularımla kucakladım. Her zamanki gibi çok güzel kokuyordu; onu her kokladığımda, eğer bir gün cennete gidersem Tanrı'dan cennetin de böyle kokmasını dileyebileceğimi düşünüyordum.

Yolda giderken Doruk'a dönüp, "Neden hep senin arabanla geziyoruz ki?" diyerek birden mızıkçı kızlar gibi söylenmeye başladım.

"Ne demek bu?" dedi.

Dudaklarına tekrar bir buse kondurduktan sonra elimle çenesini tutup, "kızma bana" der gibi sıktım. Ne garip, çene sıkmak hem bir sevgi gösterme biçimiydi hem de sanki bir kızma biçimi...

"Yani şunu söylemek istedim, hep beni sen alıyorsun evden ve daha sonra sen bırakıyorsun. Neden böyle? Çok saçma, değil mi? Benim de arabam var ve ben de seni bırakabilirim aslında. Ama hiç böyle yapmıyoruz," dedim.

"Doğru söylüyorsun," dedi. "Erkekler olarak biz böyle şeylere alışmışız, bunu sürdürüyoruz. Sevdiğimiz kadın evinden alınır, evine bırakılır. Sırf erkekler bu yüzden biraz para kazanınca ilk önce araba alırlar."

Erkeklerin araba merakının ardında bile "başkalarının gözünde güçlü olma" duygusu yatıyordu yani.

"Evet işte, aslında çok saçma. Ben de seni evinden alıp evine bırakabilirim. Ama böyle bir gelenek yok. Sanki arabayı kullanan olmak, araba sahibi olmak çok mühim bir şeymiş gibi. Sen de söyledin işte, bir çeşit güç gösterisi bu.

Hatta erkekler bu yolla hâkimiyetlerini, güçlerini kadınlara ispatlamaya çalışıyorlar. Araba satın alma isteğinin altında da bu yatıyor olabilir, çok mümkün."

"Her zaman haklı olmak yormuyor mu seni Derin? Bu kadar çok şeyi bilmek?"

Bunu söylerken gülümseyip ellerimi tuttu. Sanki sadece benimle değil, gözlemlerimle de gurur duyuyordu. Doruk düşüncelerimi her zaman duyduğu için kendimi çok mutlu hissediyordum. Çünkü dinlemekle duymak asla aynı şey değildi. Dinlemekle duymanın aynı şey olduğunu hissettiren insanlar birer hediyeydiler.

"Aksine," dedim. "Bilmeyen, merakı olmayan insan çöp gibi çürüyüp gider ve o daima dünyayı bulanık görür, dünyaya bir sis perdesinin ardından bakar. Oysa bilmek isteyenler, zamanla bilgi sahibi olanlar ve daima merakını yetiştirenler net görürler, yaşamın sis perdesi onların gözlerinden kalkar... Bazıları görürken bile daima kördür bu yüzden."

Arabayı yavaşça park ederken, "Maçka Parkı'nı seviyorsundur umarım," dedi. "Şehirde yaşamaktan, doğayı unutur hale geldik. AVM'ler gerçekten zindan gibi!"

"Çok severim," dedim. "O kadar haklısın ki AVM kültürü, ayağımızı sürekli betona basmak bize geldiğimiz ve olmamız gereken yeri unutturuyor, yani doğayı."

Doruk'la bazen el ele, bazen küçük saniyelerle dudak dudağa, bazen göz göze Maçka Parkı'na doğru yürüdük. Yolda Doruk ikimiz için karton bardak içinde Türk kahvesi aldı.

"Biliyor musun? Türk kahvesinin oldukça eski bir geçmişi var, biraz da ben sana bildiklerimden bahsedeyim."

Bana aldığı kahveden bir yudum içtikten sonra Maçka Parkı'nın yeşil çimlerine otururken, "Hayır, nasıl bir tarihi var? Anlat bakalım," dedim merakla.

Bu arada Doruk da yanıma sokulmuştu. Bana sürekli temas etmek onu çok mutlu ediyordu. Zaten sevdiğin yanındayken, ona temas etmeden duramamak aşkın ta kendisiydi. Aşk daima dokunsaldı...

"Kahve önce Etiyopya'nın güneybatısından, Kaffa bölgesinden yayılmış. İlk önce, yani yayılmadan çok önce, ağızda çiğnenerek tüketiliyormuş. 14. yüzyılda köle ticaretiyle Arabistan'da da yetiştirilmiş. Kavrularak içilmesi 15. yüzyılın ortalarını bulmuş. Ardından yanlış hatırlamıyorsam 1511'de Mekke'de ilk kahvehaneler açılmış. Ama tabii o zamanlar dini endişeler de çok yaygınmış ve bu yüzden para cezalarıyla kahve yasaklanmış!"

Doruk'un kahve hakkındaki kadim bilgilerini merakla dinleyip bilgiyi hevesle dağıtma akışını izlerken, sanki ona daha da çok âşık oluyordum. Aşk, sevdiğini dinlemekti biraz da...

"Endişe yasakla hep yan yana zaten," dedim. "Bir şey ne kadar tehdit içeriyorsa o kadar yasak oluyor."

"Aynen öyle. Yasaklanmasının ardından 1532'de Mısır'a, oradan Suriye ve Anadolu'ya yayılmış," dedikten sonra kahvesinden o da bir yudum aldı. Gökyüzündeki güneş kahveyle birlikte ikimizin de içini ısıtıyordu. Aşk birlikte ısınmaktı biraz da...

"Ee, peki daha sonra Türklere nasıl gelmiş? Türkiye'de çok meşhur bir şey çünkü. Boşuna Türk kahvesi demiyoruz."

"Kahvenin, Hüküm ve Şems isimli iki Suriyeli tarafından ilk kez 1555'te İstanbul'a getirildiği söyleniyor. O şekilde yayılıp gelmiş buralara. Öyle dinlemiştim. Ama bazısı da Kanuni Sultan Süleyman zamanında, o dönemin Habeşistan Valisi Özdemir Paşa tarafından getirilmiş olduğunu söylüyor."

Doruk'u dinlerken bunları nereden öğrendiğini merak ediyordum. Ekonomi okumuş biri bunları nereden biliyordu? Ona bu bilgilerin kaynağını sordum.

Doruk hiç beklemeden cevap verdi.

"Yurtdışında da kahveye bir merak var. Üniversitede farklı kültürlerle alakalı seçmeli bir ders almıştım. O dersteki hocam anlatmıştı. Hatta kahvenin Osmanlıların Viyana Kuşatması'ndan sonra Avrupalılar arasında da yaygınlaştığını söylemişti. Hiç Viyana'ya gittin mi?"

"Hayır."

"Orada da çok fazla kahveci var. İşte nedeni bu. Ne garip, değil mi? Kahvenin bu denli eski, oradan oraya sürüklenen bir tarihinin olması!"

"Aynen. Çok enteresan ama çok güzelmiş, kahve de insanlar gibi oradan oraya sürüklenmiş sanki."

Kahvelerimizi bitirdikten daha sonra Doruk bana dönüp, "Annem seni arıyor mu hiç?" diye sordu.

"Hayır," dedim. Birden endişelenmiştim.

"Söylemedi o zaman sana," dedi.

"Neyi?" der gibi yüzüne baktım.

"Annem artık bizim evde bir aile yemeği yememiz gerektiğini düşünüyor. Bunu sana daha önce de söylemiştim zaten. Artık zamanı geldi bence," dedi.

Bir anlık duraksadıktan sonra, "Geç bile kaldık... Hep beraber. Babam, sen, ben, annem ve abim," diyerek tamamladı cümlesini.

Cümlenin içinde baba kelimesi geçince benim de içimden koşturarak binbir duygu geçmişti. Hem kaçmak istediğim hem de yüzleşmek istediğim bir yerden bahsediyordu Doruk. Gerginliğimi yansıtmamak için kendimle mücadele ederken, cevabı biraz bekletmiş gibi oldum. Bu yüzden çok düşünmeden cevaplamak zorunda kaldım.

"Tabii olur. Haklısın, ben de tanışmak istiyorum artık. Ne zaman yapalım?"

"Bu cuma nasıl? Üç gün sonra? Uygun mu senin için de?"

"Olur, tabii, neden olmasın?"

Olurdu tabii. Hem daha ne kadar sürecekti bu oyun böyle? Üç gün sonra, cuma günü uygundu, neden olmasındı?

26

Parkta geçirdiğimiz günün ertesi gecesi Lidya bize geldi. Üç gün sonrasını bu geceden düşünmemek için Lidya'yla konuşacaklarım ve kafamın biraz dağılması bana iyi gelecekti. Zihnimizi meşgul edersek, gerginliklerimizi de oyalayabilir, biraz olsun uyutabilirdik.

Lidya'yla hiçbir şey olmuyormuş gibi, her şey yolundaymış gibi ve üç gün sonra başıma geleceklerden habersizmişim gibi uzun uzun konuştuk. Önce meslekte kendimizi geliştirmemiz için gerekenlerden, sonra yeni okuduğumuz bilimsel yazılardan, psikolojik ve sosyolojik kitaplardan, üniversitedeki akademik çalışmalardan bahsettik. (Çünkü iki psikolog yan yana geldiğinde muhakkak biraz psikolojiden konuşurdu, buna mecburduk.) Sonra geçmişimizde olup bitenleri süzgeçten geçirdik tekrar. (Çünkü bugün gördüklerimiz daima geçmişte gördüklerimizle de bağlantılıydı, ara ara beraber paylaşmış olduğumuz çocukluğumuza uğramak bize iyi geliyordu.) En sonundaysa erkeklerden konuştuk. (Çünkü iki kadın bir araya geldiğinde, konuları ne olursa olsun bir ara erkeklerden de laf açılmaması neredeyse imkânsız gibiydi.)

Konu dönüp dolaşıp erkeklere geldiğinde, Lidya laf arasında, danışanımla yaşadığım şeyin hâlâ yanlış olduğunu tekrarladı. Belki haklıydı ama artık bunları konuşmaya gerek var mıydı? Bu konu beni germekten başka hiçbir işe yaramıyordu ve zaten baştan beri neyin ne olduğunu bilip yeterince gerilmiştim. Lidya konuşurken içimden, "Acaba yanlışımda daha da ileri giderek üç gün sonra olacakları bilse, yine böyle düşünür müydü?" diye geçirdim. Yanlış bulunan şeyler içinde doğruları da barındırabiliyordu bazen. Eminim Lidya küçükken yaşadığım şeyi bilse muhtemelen şu an yaptığım yanlışla gurur duyardı.

"Tabii ben böyle konuşuyorum ama yine de sen bilirsin. Hep sen bildin zaten hayatın boyunca ve belki de bu seni sen yaptı. Ayrıca görüyorum ki çok da mutlusun," dedi Lidya durumu özetler gibi. Kıskanmamıştı ama sanki biraz imrenmişti mutluluğuma. Mutluluğuma değilse de cesaretime. Keşke yüzümden okunan mutluluğun ve cesaretin köşesinde bir yerlerde mutsuzluğun ve hüznün de saklandığını görebilseydi. Buruk bir mutluluk taşıyordum çünkü.

"Evet, mutluyum sanırım. Doruk'un beni sevdiğini hissediyorum. Birinin seni sevdiğini söylemesiyle seni sevdiğini sana hissettirmesi beraber yürüdüğünde mutlusun demektir bence, daha önemli bir şey var mı? Yaptığım şeyin yanlış olduğunu biliyorum ama zaten aşkın tamamen doğrulardan oluştuğunu kim dedi ki?"

Bu kez Lidya yumuşayarak gülümsedi. "Kesinlikle. Derin düşünsene bi', sen meslek etiğini korusan, yanlış deyip

Doruk'u unutsan asla böyle bir aşk yaşayamazdın. Peki, hayat kuralları çiğneyince daha mı güzel sence?"

"Asla," diye başladım söze. "Belki yaşam cesaretlileri seviyor olabilir ama hayatın kuralları çiğnedikçe güzelleştiğini söyleyemem. Sadece sence de yaşamın çok fazla kuralı yok mu? Ve bunların çokça gereksiz kurallar olduğunu düşünüyorum ben. Kuralları uygulayanlara sorsan, neden var olduğunu onların bile tam açıklayamayacakları tekinsiz zorunluluklar hepsi. Bazısının yıkılması gerekiyor, hem de tamamen ve bunu söylerken yine kendi yaptığımı kastetmiyorum."

Aklımdan tabulaştırılan kurallar silsilesi geçiyordu.

Lidya konuyu dağıtmadan, hızlıca, "Mesela, başka ne gibi kuralların yıkılması lazım?" diye sordu.

"Hangi birinden başlanır ki? Bilemedim... Sen de bu dediklerime katılacaksın. Biliyorsun, mesela ailesinin kurallarına göre kendi aşk çizelgesini oluşturan insanlar var. Alıyorlar ailelerinin söylediklerini hayatlarının kural duvarlarına asıyorlar. Sonra da yaşamda ailelerine 'neden' veya 'hayır' demeden, onların kurdukları çizelgeyi doğrulayacak, orada yazılan formüllere uyacak modelin peşine düşüyorlar. Bir de bunu kendilerinin ne istediklerinden tamamen habersiz şekilde yapıyorlar! İyi ki ailemiz yok diyorum bazen."

Dikkatlice dinliyordu Lidya, ben de hız kesmeden devam ettim.

"Diğer taraftan ise arkadaşlarının, çevresinde güvendiği kişilerin aşk yaşantılarına göre kendi aşk coğrafyasını çıkaranlar var. Bunların hepsinin mutlaka yıkılması gerek. Bireysel değiller, hep kolektifler! Kuralını, yerini yurdunu toplumun oluşturduğu, toplum merkezli aşklar hepsi. Bu ülkeye acilen bireysellik inşa edilmeli! Toplu düşünce yıkılmalı. İnsan kendi aşk haritasını kendi çıkarmalı. Yerini, yöresini, şeklini, küçüklüğünü, büyüklüğünü, uzunluğunu, kısalığını, yollarını, çıkmazlarını kendi belirlemeli; kendi bulup keşfetmeli. Doğrusunu, yanlışını, pişman olacaklarını, şükran duyacaklarını yaşarken kendisi düşünüp çözmeli. Aşkın belli bir kuralı, rakamı, formülü yok ki. Eğer varsa onların da hepsi tamamıyla yıkılmalı. Formüller dogmalaşırsa ve dogmalar insanların zihinlerine asılırsa, onlara uyamayan insanın yaşamı kıyamete dönüşür. Her insan biriciktir, bu yüzden yaşayacağı aşkları da aşk dediği şeyin tanımı da biriciktir."

Beni dinlerken Lidya'nın gözleri dolmuştu, bir an yutkundu ve gözlerimin içine bakarak konuştu.

"Belki de sen kendi aşk haritanı çizdiğin için böyle şükranla konuşabiliyorsun. Çünkü neşe akıyor cümlelerinden. Öyle içten konuşuyorsun ki seni anlamak demek, aşkı anlamak demek. Bir gün seni tüm kelimelerinle anlamak için can atıyorum. Seni âşık görmek çok güzel Derin," dedi.

Kendi aşk haritamda gideceğim yerde yaşayacağım depremlerden habersiz, ben de tebessümle Lidya'nın yüzüne baktım. Gülümseyişimdeki hüznü görmemişti bile…

Bu aralar bakmakla görmeyi birlikte becerebilene az rastlıyordum.

O GÜN

27

19:00

Hayatımın en önemli ve en zor akşamına doğru yola çıkma vakti gelmişti.

Doruk'un arabasına bindiğimde önce beni uzunca öptü ve sonrasında sürekli güzelliğimden çok etkilendiğini söyleyip durdu.

"Teşekkürler," dedim utangaç bir gülümsemeyle.

Ardından, "Sizin için hazırlandım," dedim gizli saklı bir gerginlikle.

Aklımdaki kürekler şimdiden toprağı kazmaya başlamıştı bile...

18:30

Doruk tam vaktinde, arabasını sokakta bir yere park edip yukarı çıkmıştı. Kapıyı açtığımda, "Giydiklerin çok yakışmış," diyerek bana baktı, gözbebekleri büyümüştü. Ama bu hale, bu akşama, bu cesarete gelene kadar neler yaptığımı biliyor muydu hiç? İnsanlar sadece anlarla ilgililerdi, asla o âna gelene kadar olanlarla değil. Oysa her şeyin bir öncesi, bir tarihi vardı bu hayatta. Kimse merak etmese de zihinde duran, insanın kulağına ara sıra varlığını fısıldayan...

17:30

Hazırdım işte. Acılarımı giymiştim ve bu kez tam oturmuşlardı üzerime. Şimdiki yaşıma uygundu. Gerçi hangi yaşa uygun olurdu yaşadığım? Yoktu ki yaşı bunun, olamazdı ki!

Çocukken çok büyük geliyordu, başkalarına görünmeyen, benimse her gün yüz yüze olduğum acı kıyafetim. Üzerimden düşüyordu, bol görünüyordu her sabah baktığım yurt aynalarında. O zamanlar öğretmenlerim görseler yakıştırmazlar, "Hiç olmamış, yakışmadı senin gibi bir güzelliğe," derlerdi ama gidip yeni bir kıyafet alabilirler miydi bana? İsteseler bile alabilirler miydi yeni bir geçmiş, yeni bir kader, yeni bir başlangıç? Mesela o şefkatli Mukaddes öğretmenim, elimden tutup beni acılardan muaf yeni bir kıyafet almaya götürebilir miydi? Yapamazdı ki...

Çünkü benim gibiler için yeni bir yaşam istemek, imkânsızı istemekti. Bir de insanlar "imkânsız yoktur" diye geveleyip duruyorlardı hep. Hangi aşk, hangi dua, hangi doktor, hangi öğretmen silebilirdi acının zihindeki hıçkırıklarını? Nasıl bir umut merhem olabilirdi acının kanamasına? Belki de sadece aşktı bazı şeylerin merhemi; sadece içten bir aşk yaklaşabilirdi bir kalbi kurtarmaya...

15:00

Akşam yemeğinde olup biteceklerin gerginliğinden dolayı çok erken hazırlanmış, beklemeye başlamıştım. Arada geçen saatlerde geçmiş aklıma üşüştükçe yüzümdeki bozulan o makyajı kaç kez yenilediğimi saymamıştım bile…

11:30

Tek tek kıyafetlerime bakıyordum. Onların da insanlar gibi bir karakterleri vardı. Hangisinin bu gece beni taşıyacağına karar vermem en önemlisiydi. Uzunca bir süre düşündükten sonra siyah elbisemi ve altına siyah topuklu ayakkabılarımı giymeye karar verdim. Belki cenazeye gitmiyordum, evet ama kendimi mezarımdan çıkarmaya gidiyordum aslında. Çünkü mezarlıklar sadece toprakta değillerdi, hatıra mezarlıkları da vardı, duygu mezarlıkları… Siz aklınızda kürekle kazdıkça daha çok ortaya çıkan… Ne çabuk unutuluyordu bunlar, daha doğrusu ne kadar az biliniyordu.

Bu yüzden siyah seçebileceğim en iyi renkti. Hem asilliğin, hem intikamın hem de cesaretimin rengi.

Kıyafetimle uyumlu, gözlerimi ortaya çıkaracak, karşılaşmaya uygun bir makyaj yaptım. Ne gariptir ki kendimi aynada beğendikçe, yaşadığım duyguları da sevmeye başladım. Korkum kendime baktıkça kayboldu.

Siyah, acımı silmiş, cesaretimi sahneye çıkarmıştı.

11:00

Kafamdaki labirentten çıkmak için kendimi soğuk suya attım. Biraz olsun iyi gelmişti. Sonra anlaşılma mücadelemi bırakıp Yiğit'i düşündüm. Evet, o günden sonra onunla hiç konuşmamıştık ama eminim bugün bana yardım ederdi. Ayrılırken, bundan sonra hep benim yanımda olacağına dair bir şeyler söylemişti. Yiğit'e güveniyordum ama ya o da ailesinin yanında başka, arkadaşlarının yanında başka, sevgililerinin yanında başka olanlardansa? Artık bunu gidince anlayacaktım. İnsanları iki yerde çok iyi tanırdık nasılsa: öfkeli anında ve aile yanında.

Peki, bu akşam nasıl gelişecekti? Aysel Hanım nasıl karşılayacaktı beni oğlunun yanındayken? Ya Sedat?.. Ah, asıl bela! Sedat beni nasıl karşılayacaktı? Nasıl sıkacaktı elimi? Nasıl bakacaktı yaşattıklarına? Çünkü ben ona kötülüğünü, yaptığı acımasızlığı, geçmişini hatırlatacaktım. Muhtemelen nefreti ve pişmanlığı da hatırlatacaktım aynı zamanda. Onun için bir insandan çok bir duygu olacaktım.

Akşam ne olup biteceğini hakkında düşünmeyi bırakıp gardırobumdan neler giyebileceğime baktım.

10:15

Balkondan dışarıya bakarken, benden habersiz insanlar için hayatın nasıl da tekdüze ilerlediğini izledim. Bir günlüğüne de olsa onların yerinde olmak için canımı verebilirdim. Karşı apartmana elinde torbalarla kır saçlı, kısa boylu, hantal bir kadın giriyordu. Cebindeki anahtarı bulmak için apartmanın kapısında poşetlerini yavaşça yere bırakırken, acaba bugün yaşayacaklarımdan haberi olsa bana ne derdi diye düşündüm. Torbalarını yerden alıp ona yardım etsem, karşılığında merdivenleri çıkarken yaşadıklarımı ona anlatsam, ne önerirdi bana? "Ah kızım... Can kızım, pamuk kızım, geçecek hepsi geçecek söz," diyerek okşar mıydı saçlarımı? Eve dönerken elime bir umut poşeti sıkıştırıverir miydi?

Şu, bisikletiyle hızla sokağın arasından geçen 15 yaşlarında, bıyığı yeni terleyen genç çocuk, evrendeki talihsiz tesadüfümü duysa hangi ifadeyle bakardı bana? Bana acır mıydı, tebessüm mü ederdi yoksa beni anlar mıydı?

Peki ya şu, kaldırımın kenarındaki süt beyaz sokak köpeğine bugün gittiğim yeri anlatsam? Gelip kollar mıydı beni? Apartmanın çatısından bir diğerine doğru telaşlı telaşlı uçan kuşlara acılarımı versem, taşırlar mıydı, benden uzağa götürebilirler miydi onları?

Ya şu, İstanbul'dan bile yaşlı, iki apartmanın arasında sıkışmış olsa da inatla yaşamaya devam edip dik duran heybetli ağaç, kızar mıydı bana bunları yaşatanlara?

Hepsinin yanımda olduğunu, hepsinin beni düşündüğünü hissetmek istiyordum.

9:30

Uyandığımda içim içime sığmıyordu. İçi içine sığmamak genelde hep olumlu, tatlı bir heyecanı hatırlatırdı ama bugün benim sözlüğümdeki anlamı öyle değildi. Telaşım, ilk kez sevdiğiyle buluşacak genç kızın heyecanından fersah fersah uzaktı. Bambaşka bir sığmazlıktı benimkisi. Sanki dünya içime oturmuş, hızlı hızlı durmadan dönerken, ben onu taşıyamıyor, içimden söküp fırlatıp atmak istiyor ama atacak yer bulamıyor gibiydim. Daha sonra kendime gelmek için kahvaltımı edip evimdeki Fransız balkondan sokağa doğru baktım.

İnsan, uyandığı her sabah o günün akşamına koşmayı bu kadar ister miydi?

28

Ne zaman başlardı bir şeyden kaçmamız? Neydi ilk kaçışımızın sebebi, kaynağı? Bizi hep oradan oraya koşturan acı mıydı? Kaçışlarımız, mekân terk etmelerimiz, ülke değiştirmelerimiz, şehirlere kızgınlıklarımız, sırt dönmelerimiz, yüz çevirmelerimiz nedendi? Belki de mekânlardan değil, daima duygulardan ve hislerden kaçardık da bilmek istemezdik. Çünkü bilmemenin cennet bahçesi, bahanelerimizi doğrulamaya en müsait yerdi...

Peki ya yüzleşme? Ne zaman isterdik yüzleşmeyi? Hazır olduğumuzda mı, mecbur olduğumuzda mı? Nasıl karar verirdik yüzleşmeye, acımızı, kaçtığımızı karşımıza alıp pürdikkat dinlemeye?

Yolun ne kadar süreceğini sorduğum Doruk, içimdekilerden habersiz çocuk sevinciyle yarım saate varacağımızı söylerken, ben de bir yandan ilk çocukluk anımı hatırlıyordum. İlk kaçışımı hatırlıyordum... Öğretmenimdendi. İnce, siyah, itinayla taranmış saçlarıyla ve her daim siyah çantasıyla okula gelen, sertliği disiplin sanan öğretmenim. Kaçışımı hatırlasa bana hâlâ kızar mıydı?

Nasıl da girmemiştim derse, nasıl da dersi ekip hızlı hızlı çantam sırtımda, korkum kalbimde koşmuştum okulun bir türlü ısınamayan koridorlarında. Kötü geçen sınavımın kötü notuydu kaçışımın sebebi. Daha ötesi, o notu bütün sınıfın içinde, adımla beraber bağırarak söyleyecek olması ve benim de buna tanık olacak olmamdı asıl sebep. Ne gerek vardı ki? "Keşke yanına çağırıp söylese," derdim içimden, ben iyi not alırken birileri kötü not aldığında. Adımı yoklamada okuduklarında bile utanırken, bir de şimdi kötü notumu duymak! Uykusuzluğum olacaktı. Duymak istemiyordum notumu; biliyordum, ismimle beraber notumu açıklarken yüzü ekşiyecekti öğretmenimin, limon yemiş gibi bir hal alacaktı. Çünkü kötü notları okurken hep öyle olurdu. Sanki kötü not almak, kötü insan olmakmış gibi...

Ardından diğer arkadaşlarım da acıyacaktı bana, sanki acınacak az şeyim varmış gibi. O gün, kötü bir şey yaşamanın kötü bir hayat anlamına gelmeyeceğini anlamalıydım.

İlk yüzleşmem ne zamandı peki? Belki bu daha mühimdi. Onu da hatırlıyordum, bir hatıra nehrinde sakince dolaşır misali...

Doruk yanımda, elimi tutup, "Heyecan var mı?" diye gerginliğimi almaya çalışırken, ben de ona, "Eh, birazcık. Bu da çok normal, değil mi?" diye cevap vermiş ve yeniden içime dönmüştüm.

İlk yüzleşmem de sonbaharda kasım ayının bir perşembe gününe denk gelmişti. Sınıfta, son dersteyken yaşanmıştı. Okul sadece bilgi öğreten değil, aynı zamanda acımasız ailelere ayna olan çocukların da içinde olduğu, hayatın acımasızlığıyla tanıştığım ilk yerdi. Onur, kaşları saçlarından da kalın ve siyah, üstü başı her daim dağınık olan, ergenliğe yeni girmiş bir çocuktu. Ders zili çaldığında masamın yanından çantamı almak için eğilince, çantasıyla hızlıca çantama ve kafama çarpmıştı.

"Ne yapıyorsun? Biraz yavaş olsana," demiştim kendimden beklemediğim deli bir cesaretle.

Ben ona aşağıdan yukarıya kocaman bir ağaçmış gibi bakarken, "Ne dedin? Duymadım," demişti kaşlarını çatıp.

O an çok gerilmiş ama sadece "boş ver" der gibi kafamı sallamıştım. İçimde tutmuştum kelimelerimi, söyleyeceklerimi sıraya dizmiş ama bir türlü çıkaramamıştım ağzımdan.

Onur da yavaşça kulağıma doğru eğilip, "Eğer böyle arkasında duramayacağın sözler söylersen, bir daha gelip vururum çantana," demişti ve ilk yüzleşmemi yaşatmıştı bana. Hayatımda cesarete ihtiyaç duyduğum ilk sahnemdi bu.

Yıllar sonra, şimdi, yüzleşeceğim belki de en zor şeye adım adım yaklaşırken, tekrar anlıyordum bazı gerçekleri.

Hayatta bir durumdan neden kaçtığının sebebini bulan yüzleşmesine gecikmezdi. Kaçışlar mutlaka bir korkuyu gerektirirken, yüzleşmeler daima cesaret işiydi.

Bugün yaşama doğan bir kız çocuğu olsam adım kesin "Cesur" olurdu. Ama pardon, o erkek ismiydi, öyle değil mi?

29

Sonunda gelmiştik. Doruk, Bebek sırtlarındaki lüks bir sitede oturan ailesinin evine vardığımızı söylerken, arabayı tanıyan site görevlisi yavaşça kapıyı açtı.

"İyi akşamlar Doruk Bey, hoş geldiniz."

Adamın sesi arabanın içeri süzülmesiyle birlikte havada kaybolurken, ben de gerginliğimi üzerimden atmak için etrafa hızlıca bakınıyor ve bahçede ne kadar çok ağaç olduğunu düşünüyordum. Bir de ülkede ağaç olmadığını söylerlerdi. Ama unutmuştum, zenginler için olanlarla fakirler için olanlar birbirinden kesin çizgilerle ayrılırdı. Meydanlarda ne olduğundan kime neydi? Yeşilden uzak halk bir yana, zenginler için isterlerse her zaman ağaç vardı. Hem yoksa bile bulunur, yaratılırdı; işte bu da kanıtıydı.

Doruk sitedeki villaların önünden geçip dolanarak üst taraftaki, denizi yukarıdan gören evlere doğru yaklaştı ve hemen sağda duran evin önündeki iki arabanın arasına park etti. Sağımızda bir Bugatti, solumuzda siyah bir Mercedes ve aralarında da biz vardık.

Yavaşça arabadan inerken havanın serinlediğini, gündüze kıyasla oldukça bulutlandığını fark ettim. Bacaklarım da bu serinlikten nasibini almış, birden üşümüştü.

Doruk arabadan indi, arkamdan bana yetişip belime sarılarak, "Sakın heyecan yapma," dedi ve şans öpücüğü verirmiş gibi beni yanağımdan öptü. Sanki o öpücük ondan habersiz acıma da değdi, telaşıma da, hüznüme de...

Arabayı park ettikten sonra yürüdüğümüz yer, taş motifli düzayak bir yoldu. Çevremizde yeşil ağaçlar vardı; kesilmemiş, şanslı, zenginlere sunulduğu için var olabilen, evlat edinilmiş gibi duran ağaçlar. Bir anda bitkilerin de görüp hissettiklerine dair okuduğum makaleleri hatırladım. Gerginliğimi hissediyorlar mıydı acaba? Belki şu an yaşadıklarıma ortaktı onlar da...

Devasa villa kapısına doğru geldiğimizde, kapının da evin de çok görkemli ve büyük oluşu dikkatimi çekmişti. Kapı, sanki sadece cüret edenlerin çalabileceği bir kapıydı. Sanki sadece çok önemli bir şey diyecekseniz girebilir, içeriye adım atabilir, içeridekilerle muhatap olabilirdiniz. Belki de sadece gücünüz yetiyorsa ağırlanabilirdiniz, uzanabilirdiniz zile. Benim de gücüm yetiyordu elbette. Değil mi? Belki buraya gelme sebebim sadece Doruk gibi görünüyordu ama gerçek öyle değildi. Tabii, bunu şimdilik sadece ben biliyordum. En güçlü ve cesur olanın ben olduğumu da sadece benim bilmem gibi...

Doruk kapıyı çaldığında beni tekrar yanağımdan öptü. "Çok güzel bir akşam geçireceğiz," diyerek tekrar motive etmeye çalıştı. Gerginliğim had safhaya çıktığından beni sürekli motive etme ihtiyacı duyuyordu.

Gülümseyip, "Umarım öyle olur," diyerek yanıt verdiğimde kapı aralandı. Üzerinde şık siyah elbisesiyle, 25-26 yaşlarında bir kadın, "Hoş geldiniz, buyurun," deyip beyaz dişlerini göstererek kapıyı açtı. Evin çalışanı olduğunu anlamıştım.

Doruk, "Önce sen geç," deyip beni evlerine buyur ettiğinde içten içe titrediğimi çaktırmadan, soğukkanlılıkla içeriye adımımı attım. Topuklarımın çıkardığı ses, içerideki sessizliği bozup yankılandığı için içimden ayakkabılarıma teşekkür ettim.

Aynı zamanda acımın üzerine de ilk adımımı atıyordum şimdi. Travmamın ve yüzleşmemin de üzerine yürüyordum o ilk adımımla. Hatta bir yandan kendime de adım atıyordum; çocukluğuma da, uykusuz geçen gecelerime de, hafızamın en derinindeki o karanlık ve karmaşık labirente de...

İçeriye girdiğimde önce evin üç katlı olduğunu fark ettim. Sağda yukarıya çıkan ve solda aşağıya inen merdivenler şık bir şekilde aydınlatılmıştı. Her yer George Orwell'in Büyük Birader'i tarafından gözetleniyormuş gibi bir his dolaşıyordu evin içinde.

Biraz ileriye, holden içeriye doğru yürürken Aysel Hanım'ı gördüm. Çok şık görünüyordu, bu kadın üzerinden o sıcacık gülümsemesini hiç çıkarmıyor muydu?

Kollarını sanki ona koşacakmışım gibi iki yana açmış bekliyordu. Yanında Yiğit vardı. Ama onun gözünde, Aysel Hanım'ın aksine konuşulmayan bir sessizlik, telaşla karışık bir ifade asılıydı. Biraz daha arkaya baktığımda ise onu gördüm. Evet, bu oydu, oradaydı. Ayakta beni bekleyenler arasındaydı. Aynı bakışlar, aynı ifade, aynı soğuk duruş. Bana yaşattıklarına rağmen ayakta; utanmadan, arsızca ve yüzsüzce... Çocukluğumdan beri bir daha karşılaşmamak için dualar ettiğim ama şimdi kanlı canlı karşımda duran, yaşayan, nefes alan, unutamadığım yeşil, zorba gözlerin sahibi Sedat.

Salona adımımı atacaktım ki yerde basamaklar olduğunu fark ettim. Aşağıya doğru üç basamak vardı. Basamakların olduğu yerin iki yanında beyaz, büyük başlı, uzun heykeller duruyordu. Ellerinde kılıç gibi bir şeyler tutuyorlardı sanki. Birazdan acıma atacağım adımı da izleyecek, gerekirse o kılıçlarla beni koruyacaklarmış gibi basamakların yanına dikilmişlerdi.

"Hoş geldin canım benim," dedi Aysel Hanım ve kucaklaşmak için daha fazla bekleyemeyecekmiş gibi hızlı adımlarla bana yaklaştı, sıkıca sarıldı. Ortada hiçbir şey yokmuş gibi rol yapmaya başlamanın zamanı gelmişti artık. Gerginliğimi üzerimden atıp kapının ardında bıraktım, ben de Aysel Hanım'a sarıldım. Tam o esnada hizmetli o büyük, görkemli kapıyı kapattı. Tüm gerginliğimi kapı dışarı etmiş gibi rahattım şimdi.

Aslında uzun zamandır hiçbir şey olmamış gibi yaparak rolümü iyi oynamıştım bu hayatta ama şimdi en iyi oyunculuğumu gösterme vaktiydi; gidebildiği yere kadar, cesaretimle övüneceğim yere kadar...

"Hoş bulduk Aysel Hanım, nasılsınız?" dedim sarılırken ve yanaklarından öptüm. Üzerinde parlayan krem rengi ceketi, altında ona uygun krem rengi eteği ve parlak, şık ayakkabılarıyla oldukça zarifti. Bu arada eve göz gezdiriyor, renklerin birbirleriyle dans ettiklerini görüyordum. Acımla cesaretimin dansı da bu şık salonun tam ortasında başlamıştı işte...

Aysel Hanım, "İyiyim canım, sen nasılsın? Ne güzel görünüyorsun böyle," dedi. Beni şöyle bir süzdü. Ama rahatsız edici bir bakış değildi bu. Zaten sesinde oğlunun mürüvvetini gören kadınların şen tınısı vardı. Oğlunu içine sinen bir kadınla gören anneler meleklere bile nasıl daha iyi olabileceklerini öğretecek kadar iyi olurken, oğullarını istemedikleri bir kadınla gören annelerin yanında şeytan masum kalırdı.

Aysel Hanım'a teşekkür edip yanında duran diğer oğlu Yiğit'e yavaşça döndüm ve onu biraz daha rahatlamış gördüm. Belki o da benim gibi rol yapıyordu ama bu kez benim içindi sanki, beni anladığı için...

Ona da, "Selamlar, nasılsın?" dedikten sonra yavaşça sarıldım. Beni anlamasına duyduğum minnetin dışavurumuydu sarılışım.

"Hoş geldin Derin," diyerek beni kucaklayıp samimiyetle buyur etti. Gerçi Yiğit beni evinden önce kalbine buyur etmişti; orada olduğumu bilmek bile güven vericiydi. Ben Yiğit'le selamlaşırken, arkamda Doruk'un annesiyle selamlaşıp öpüştüğünü duyuyordum.

Bir anda kendimi Yiğit'in omzunda bulduğumda onu tekrar gördüm. Zamanında her şeye tanık ettiği oğlunun omzundan kendisine bakışımı izliyordu. İkimizin de nefretini kazanmıştı ve bunu bilmiyordu. Aslında ne kadar acınası bir haldeydi. Her gücü zayıflatacak bir kelime, her buzu eritecek bir sıcaklık varken dünyada kimse birbirinden daha yukarıda ya da aşağıda olamazdı. Çok garip hissediyordum. Çünkü bana yine o yeşil gözlerle ama bu kez içtenlikle bakıyor, sanki büyük bir hevesle benimle birebir tanışmak, selamlaşmak için sırasını bekliyordu. O an ne yapacağımı bilemediğimden, Yiğit'in omzunun üzerinden sahte bir şekilde gülümsedim. Sahteliğimi bile anlamamıştı ve beklemekten hiç şikâyetçi değildi.

Yiğit'le sarılmamız bittiğinde geriye bir tek Sedat kalmıştı. Onu bir daha görmemeyi dilesem bile, olur da karşılaşırsam hazırlıksız yakalanmayayım diye geceler boyu bu sahneyi kurgulamıştım kendimce. Nasıl adım atarım? Nasıl yaklaşırım? Nasıl selamlarım? Yaklaşabilir miyim? Selamlayabilir miyim? Gülümseyebilir miyim? Ne yaparım diye çok düşünmüştüm. Çünkü bunları planlarken cesaretim coşuyor, "Yaparım," diyordum kendime. Bazı şeyler yapılmadan önce daha kolay görünüyordu, yaparken ise tahmin edildiğinden bile daha zor...

"O benimle selamlaşmaya cüret edebiliyorsa, ben neden etmeyeyim?" diyordum hep ve şimdi görüyordum ki karşımdaki kişi benimle selamlaşmak için hevesle bakıyordu. Beni hiç tanımıyor gibiydi. Bir an ona doğru adımımı atarken düşündüm: Evet, sanırım Sedat beni, o küçük kızı, Eylül'ü gerçekten hiç tanımamış, hatırlamamıştı.

Ve şimdi sanki benim çekingenliğimi hissetmiş gibi, bana doğru geliyordu. Üzerinde ceketi, içinde beyaz gömleği, kumaş pantolonu ve altında ona eşlik eden siyah ayakkabıları ve tüm heybetiyle yanıma yaklaşıp elini uzattı.

"Hoş geldin Derin, Sedat ben. Sedat Sözeri."

Kâbus sadece rüyalarda görülmüyordu demek ki.

Peki, elini tutacak mıydım şimdi? Tutmak zorunda mıydım? Ne yapacaktım? Nasıl tutardım ki elini? Vücuduna değdiğim için yıllarımı kaybettiğim birine tekrar nasıl dokunacaktım?

Ama zorundaydım. Buraya geldiysem, bu rolü oynuyorsam, bunu göze alabilmişsem yapmak zorundaydım.

Bir anlık garip bir sessizlik oldu. Biliyordum, salondaki herkes benim Doruk'un babasına olan yaklaşımımın ne olacağını merakla izliyordu. Yoksa selamlamayacak, hadsizlik mi yapacaktım? Hâşâ, nasıl olurdu? Böylesine saygın, böylesine rütbeli, böylesine güçlü, hikmetli birine?

Elimi sakince uzattım, "Hoş bulduk, memnun oldum, Derin ben de," dedim. İçimdeki Eylül, dışarıda çok fazla gürültü olduğu için huysuz çocuklar gibi uykusundan uyanmış, ağlamaya başlamıştı. Titreyerek ağlayan, tiz sesli bir çocuğun çığlığını duyuyordum.

Sedat, "Buyur lütfen," diyerek koyu karamel rengi büyük kadife koltuklardan birini gösterdi ve oturmamı rica etti. Ricasına uygun davranarak acılarımla beraber oturdum yerime. Doruk da yanıma gelmiş, yanı başıma oturmuştu. Tutmak için ellerimi aradı ve hemen buldu. O sırada ailenin diğer fertleri, Yiğit, Aysel Hanım ve Sedat da önceden konuşup anlaşmışlar gibi yerlerine geçip oturdular. Koltuklara otururken Sedat'ın zamanında Kore ve Moğol toplumunda yaşayan erkek aile reisleri gibi, başköşeye geçmesi gözümden kaçmamıştı. Doruk elimi tuttuğunda sanki Aysel Hanım'ın bakışlarının onun eline doğru kaydığını gördüm. "Ne yapıyorsun?" der gibi değil de daha çok "ne güzelsiniz," der gibi bir bakıştı bu. Aile duyguların hem gizlendiği, hem izlendiği hem de apaçık sergilendiği, çelişkilerle dolu bir kurumdu.

Bir anlık sessizlikte etrafa baktığımda, Doruk'la oturduğumuz ikili koltuğun bir eşinde de Yiğit'le Aysel Hanım'ın oturduğunu, Sedat'ın ise tekli koltukta olduğunu fark ettim. Bu durum gözüme, oturma düzenlerine bile sinmiş iktidar savaşının açık bir göstergesiymiş gibi görünmüştü.

Hiçbir şey mi değişmezdi aile olmanın tarihinde? Hâlâ mı aynıydı iktidar, iktidar göstergeleri, ailedeki erkeğin yerleşimi? Gerginliğimi iyice üzerimden atmak için bunları düşünürken, Sedat'ın beni tanımadığından artık adım gibi emindim. Çünkü gülümsüyor ve tanımak için içtenlikle beni süzüyordu.

Aysel Hanım, "Nasıl gidiyor her şey?" diye sorarak ortamdaki sessizliği bozdu. Onun öncesinde sadece ara ara merdivenlerden yukarı çıkan ve aşağı inen ayak sesleri geliyordu kulağıma.

"Çok teşekkürler," diye cevaplayıp, "Koşturmaca, hayat telaşı işte. Sizler nasılsınız? Her şey yolundadır umarım," dedim.

Tavanın yüksekliğine, duvarlara, etraftaki ilginç objelere takılıyordu gözüm. Tabii yine zihnimde ortamdan alakasız bambaşka şeyler düşünüyordum. Mesela evlerinden görülen köprünün şu an hangi âşıkları birbirine bağladığını, hangilerini birbirine taşıdığını, hangilerini kavga ettirip ayırdığını veya "Avrupa'ya hoş geldiniz" yazısıyla şehirlerin duygularının sahici olup olmadığını; bunlar gibi bir sürü gereksiz şey geçiyordu içimden.

"Teşekkür ederiz, iyiyiz," dedi Aysel Hanım. "Her şey seyrinde devam ediyor."

"Umarım sizler de iyisinizdir," diyerek bu sefer Sedat'a doğru döndüm, çünkü Aysel Hanım ve Yiğit tam karşımızda otururken Sedat'ın koltuğu sağ tarafımızda kalıyordu. Kendi iktidarını bütün aile bireylerine çoktandır kabul ettirerek başköşeye geçmiş birini hızlıca yok sayamazdım. Aile reisini yok saymam, iktidarı erkeğin eline vererek bu durumu içselleştirmiş tüm aile bireylerini rahatsız eder ve yaptığımı anlamaz, saygısızca bulurlardı.

"İyiyiz, teşekkür ederiz. İyi ki geldiniz. Çoktandır Doruk'tan adınızı duyuyorduk," diyerek Sedat uzun bir konuşma yapacakmış gibi tok ama sıcak bir ses tonuyla konuştu. Sertliği sesinden taşarken, duruşundan ve yüz ifadesinden benim için kendini yumuşattığını görebiliyordum. Babaların erkekliklerini inşa ederken, o erkekliği değişik versiyonlarda, mekâna göre, kişiye göre, duruma göre nasıl kullanacaklarını önceden planladıklarını çok iyi bilirdim.

"Tanışmamız bugüne kısmetmiş, psikologsunuz değil mi?" diyerek devam etti.

Doruk yanımda oturarak bana destek vermeyi seçmişti, ne sorulara karışıyor ne de cevap veriyordu. Oysa bazen böyle durumlarda eşlerin de "Evet öyle," ya da "Aynen, çok seviyoruz birbirimizi," diyerek lafa karıştıklarını, "biz" olduklarını veya "birey" olmaya hiç hak tanımadıklarını görüyordum. Yani ben şu an tamamen bir bireydim. Muhtemelen çok yanlış bir yerde bu hak tanınıyordu bana. İlk sorum da gelmişti işte, yani onların gözünde hangi rütbede olduğuma, işe yarayıp yaramadığıma dair o soru...

"Evet. İstanbul'da okudum. Daha sonra yüksek lisansımı da yurtdışında, Almanya'da yaptım," dedim kısaca.

Sedat, yüzünde müteşekkir bir ifadeyle beni dinledi. "Pek güzel," diye ekledi. Bu arada bacak bacak üstüne atmıştı. Oysa ben, Doruk ya da Yiğit, hiçbirimiz böyle bir şey yapmayı aklımızdan bile geçiremezdik muhtemelen. Yaşa, cinsiyete, statüye hürmet etmek, gerçekten hürmet miydi? Hayatta ne çok yaratılmış hürmet vardı.

Sedat'tan pası almış gibi, "Zor bir meslek, değil mi?" diyerek Aysel Hanım söze girdi.

"Evet ama insan sevdiği mesleği yapınca zorluk çekmiyor. İnsanla ilgilenmeyi sevdiğimden, severek okudum bölümümde. Hep hayalimdi zaten," diye cevapladım.

Cevaplarımın gece boyunca sürekli bir süzgeçten geçeceğinin farkındaydım. Mesela şu an, "meslek süzgeci"nden geçiyordum. Ne iş yapıyordum, severek mi yapıyordum ve muhtemelen geleceğim ne olacaktı? Onların ailesine layık, yakışır bir mesleğim var mıydı? Bilseler de muhtemelen bunu tekrar konuşmak, tekrar onaylamak hoşlarına gidiyordu. Belki de bu onlar için "bize uygun" diyebilmenin bir pekiştirmesiydi.

Çünkü ailelerin, içlerine başka aileden gireceklere uyguladıkları filtreleri ve süzgeçleri vardı. Önce filtreler devreye girerdi. İlk karşılaşma, dış görünüşünü beğenme. (Kadınlar özellikle güzel olmaya mecburdu ya da güzellerse bir sıfır daima öndeydiler.) Daha sonrasında oturup kalkmasını, konuşmasını bilme filtresi. (Kadınlar mutlaka zarif, bakımlı ve kibar olmalıydılar. Muhafazakâr ailelere göre muhafazakâr düşünceleri, modern ailelere göre modern anlayışları olmalıydı.) Ardındansa süzgeçler girerdi devreye. Ekonomik süzgeç, kültürel süzgeç, dinsel süzgeç ve bir kez daha fiziksel süzgeç. Tabii onlar bana bunları habersiz şekilde uygularken, benim de buraya elimde kocaman bir travma süzgeciyle geldiğimden habersizdiler.

Cevabımı tebessümle karşıladılar. Hemen sonrasında düzgün giyimli bir kadın çalışanları kulağına bir şeyler fısıldadıktan sonra Aysel Hanım bize dönüp, "Buyurun, yemeğe geçelim," dedi yüksek sesle.

Bizler de yavaşça ayaklanıp büyük salonun diğer tarafında duran masaya doğru yürüdük. Hem salon hem de telaşım o kadar büyüktü ki gece için hazırlanmış masayı hiç fark etmemiştim bile. Aysel Hanım ve aşçıları muhteşem bir iş çıkarmışlardı. Sanki bir ziyafete hazırlanmış gibiydiler. Oysa misafir olarak bir tek ben gelmiştim. Belki de bu ziyafet sadece benim için değil, daha çok kendileri içindi. "İşte görüyorsun Derin, biz böyle zenginiz, böyle yemekler yer, böyle içkiler içer, böyle evlerde otururuz," demek için.

Hepimiz aslan ayaklı yemek masasına oturduk ve masadaki peçeteleri dizlerimize serdik. İlk görgü kuralını başarıyla yerine getirdikten sonra geniş, uzunca ahşap konsolun üstündeki tablo dikkatimi çekti. Zaten tabloyu görür görmez tanımıştım. Çok sevdiğim ressam Monet'nin 1869 yılında yaptığı *The Dinner* (Akşam Yemeği) adlı tablosuydu bu. Tablo şu an yaşadığım tarihten ve mekândan, olduğum durumdan ve yaşantıdan habersizce benimle o kadar bağlantılıydı ki gözlerime inanamadım. Monet'nin çizdiği şey bir yemek masasıydı. Mekânı aydınlatan bir avizenin altında insanlar yemek yiyorlardı ve oturanlardan biri küçük bir çocuktu. O çocukta kendimi gördüm, daha doğrusu Eylül kendini gördü. Şu an sanki buradaki halimle oradaki halim örtüşüyor, bağlantıya geçiyor, Monet bana tablosuyla "yanındayım," der gibi destek oluyordu!

Yemeklerimizi servis eden kadın, "İzninizle," diyerek tabağıma bir şeyler koydu ama tablo beni çok etkilediğinden mekândan âdeta kopmuş, resmin içine dalmıştım. Karşısında aile büyükleriyle oturan o küçük çocuk olmuştum şimdi.

Sedat, iktidar olmaya tapan tüm erkekler gibi yine masanın başında oturmuştu. Beni selamlayarak tüm masa için kadeh kaldırdığında resimden kopup yine gerçeğime geri dönmüştüm.

"Hoş geldin tekrar," dedi.

Masadaki tüm kadehlerin ben tabloyu incelerken doldurulduğunu sonradan fark ederek kadehimi, "Hoş bulduk," diyerek yavaşça havaya kaldırdım. Acımla yüzleşmeye hoş buldum, acımı içimden atmaya hoş buldum, ona veda etmeye hoş buldum...

Doruk yanımda, Yiğit ve annesi karşımızdaydı. Doruk arada bacağıma dokunuyor, heyecanlı mıyım değil miyim, bacaklarım sallanıyor mu sallanmıyor mu, ne haldeyim diye beni kontrol ediyordu.

Sedat'ın mekândaki ağırlığı, Aysel Hanım'ın daha az konuşmasına neden olmuştu. Çünkü Sedat az önce işle ilgili bir şeyler sormuş, oğullarıyla kısa bir muhabbete girmiş ama Aysel Hanım konuşmalara katılmayıp sadece gülümsemekle yetinmişti. Sanki yanında kocası olduğu için o konuşkan kadının sesi içine kaçmıştı. Konuşmak istese de çok konuşmamaya çalışıyor gibi bir hali vardı. Oysa benimle baş başa buluştuğunda hiç böyle değildi. Anlıyordum ki iktidarı kadınların ruhlarına işleyen erkekler çok tehlikeliydiler.

"Sizler için her şey nasıl gidiyor?" diyerek söze girdim, Aysel Hanım'ı konuşturmak istiyordum.

"Canım sağ ol sorduğun için. İyi gidiyor. Bu aralar yoğun geçiyor. Bazı dernekler için görüşüyorum. Yardım projelerine katkı sağlamaya çalışıyorum. Onun dışında arkadaşlarımla, ailemleyim, arada da seyahatler falan işte..."

Ailemleyim derken eliyle oğullarını göstermişti. Kocasını ayrı tutmuş olmasında, onu dahil etmemesinde bir anlam aramalı mıydım?

"Ne güzel, ne anlamlı şey yardım projeleri, öyle değil mi? Ne çok gereksinim var böyle şeylere..." dedim ilgilendiğimi samimiyetle belli ederek.

Aysel Hanım'la konuşurken o sırada Sedat'ın da bana baktığını ama beni hâlâ tanımadığını hissediyordum. Bu adam gerçekten beni hatırlamamıştı. Bunun imkânı var mı diye kendi kendime sorarken, hafızaların birbirinden bağımsız, bambaşka şekillerde çalıştığını düşündüm. Bazı hafızalar daha unutkan ve daha az acı vericiyken, bazıları da benimki gibi hep hatırlayan, işkenceci hafızalardı.

"Aynen öyle, bir de o kadar çok yardıma muhtaç insan var ki. Herkese yetişemeyiz tabii ama elimizden geldiğince işte," dedi Sedat. Sözü Aysel Hanım'ın ağzından alıp tüm çiğliğiyle konuşmuştu. Sesi öyle tırmalamıştı ki beni, duvarlara çığlık atasım gelmişti. Çünkü "yardım" kelimesini onun ağzından duymak dayanılacak şey değildi. Bu leş adamın yardım adı altında nasıl da ruhumu mahvettiğini ben ve Yiğit çok iyi biliyorduk. Sedat konuşurken Yiğit'e baktığımda, babasından utanır gibi tabağındaki yemeklere dikmişti gözünü. Beden dili küçük çocukları hatırlatmıştı bana.

Nasıl böyle konuşabiliyordu insanlar? Nasıl böyle kendilerinden habersiz olabiliyorlardı? Bu sofra, bu sahip olunan zenginlik hepsi kendi çığlıklerinin üzerini kapatma çabasıydı belki de. Bütün bu ziyafet, bütün bu ihtişam, tabaklarımızda kalıp çöpe dökülüp ziyan olacak bütün bu yiyecekler, onlara ne kadar "zengin" ve "güçlü" olduklarını hissettirse de gözümde bu adamın ne kadar çiğ, bu tonla parasının ne kadar anlamsız olduğu gerçeğini unutturamıyordu bana. Eğer zenginlik diye bir şey varsa hayatta, o ancak güce tapanları, kendi ezikliğinden sadece para vasıtasıyla kurtulacağını zannedenleri etkileyebilirdi.

Sofrada yemekler gelip gidiyor, etrafımızda iki kadın çalışan (tabii ki onların etrafımızda dönüp dolaşması, yemek sofrasının sadece karın doyurmak için değil, bir güç, bir iktidar göstergesi olduğunun altını çizmek içindi) tabaklarımızla oradan oraya yorulmadan, mecbur koşturuyorlardı.

Nasıl da her şeyden habersizdi bu yemekler, bu konsol, bu yere kadar uzanarak evin mahremini dışarıya açarken acılarını içeride tutan camlar, bu sessiz ama daima dinleyen duvarlar, bu milyarlar harcanmış, muhtemelen bir eşi kimsede olmadığı için yurtdışından itibar diye getirilmiş eşyalar... Nasıl da habersiz yaşamıştı aileler, dostlar, akrabalar, tanıdıklar... Bu zenginliğin sarhoşluğunda gerçeği bilememişti hiçbiri. Ne Doruk, ne annesi. Sedat bile güç sarhoşluğundan silmişti hafızasından beni. Hatasını, kötülüğünü, vicdansızlığını, merhametsizliğini...

Ayık olan biri vardı sadece, o da Yiğit'ti. Tatsızlık olmaması için dua ediyormuş gibi bir yüz ifadesiyle sürekli etrafına, bazen de bana baktığını görüyordum. Tatsızlık çıkaracak olanın kim olacağını düşünüyordu acaba? Ya da... bir tatsızlık çıkacak mıydı ki?

Gecelerce düşünmüştüm bunu. İlk önce çocukken, yurt odalarının soğuk siyah camlarından korktuğum ıssız sokağa bakarken... Sonraları, özellikle son zamanlarda bu adamla karşılaşırsam ona neler söyleyeceğimi mecburen düşünmüştüm.

Çocukken karşıma çıksa, "Özür dileyin," derdim. Büyüyünce, "Neden?" sorusuna taşımıştım yüzleşme sahnemi. Çocukken daha affedici, büyüdükçe daha sorgulayıcı oluyordu insan dedikleri.

"Neden yaptınız böyle bir şeyi?" dedikten sonra onun cevabını dinleyecek ama tatmin olmayacağımdan okkalı bir tokat patlatacaktım suratına. Atacağım bir tokat acımın karşılığı olacakmış gibi... Ne aptalca bir plandı bu.

Şimdiyse yine bir şey planlamıştım kafamda ama daha vakti vardı, biraz daha muhabbet etmek istiyordum. Gerginliğimi çoktan üzerimden çıkarıp o büyük karamel rengi koltuğa bırakmıştım.

Şimdi bir süre daha Sedat'ın yüzüne bakmak, konuşacaklarımın vaktini planlamak, onu ne zaman kelimelerimle öldüreceğimi gözlerine bakarak tasarlamak istiyordum.

Yaşça diğerinden büyük olan çalışan, "Şimdi de aşçının spesiyalitesi olan," diyerek tabaklarımıza keki servis etti.

Tatlının takdim edilmesinden, artık yavaşça gecenin sonuna doğru geldiğimizi fark ediyordum. Tatlı, yemek için son duraktı.

Kelimelerim, yıllarca zaten kendi mermilerini doldurmuşlardı şarjörlerine. Harf harf doldurmuştum hepsini, senelerce biriktirmiştim bir köşede. Tatlılar da geldiğine göre artık konuşmaya başlayabilirdim. Cebimden değil, ağzımdan çıkacak silahımla hazırdım. Sedat'taki pişkin rahatlık bana da bulaşmıştı. Demek ki pişkinlik de mutluluk gibi bulaşıcı olabiliyordu bazen.

Sedat'ın oturduğu tarafa doğru yavaşça kafamı çevirerek, "Hatırlıyor musunuz?" diye başladım söze.

Sedat ve masadaki herkes, anlatacağım tatlı hikâyeyi dinlemeye hevesli yüzlerle bana bakıyordu. Sadece Yiğit "hatırlamak" kelimesini duyduğunda tedirgin olmuş, büyüyen gözbebekleriyle neler olacağını anlamış gibiydi. Doruk bir elini bacağıma koymuş, diğer elinde kadehiyle. Aysel Hanım yüzünde sevgi dolu ve şirin bir tebessümle, Sedat ise meraklı ve telaşsız gözlerle bana bakıyor; yaşanacaklardan habersizce hepsi benim konuşmamı bekliyorlardı.

Sorumun muhatabı Sedat olduğundan diğerleri kafalarında hiçbir cevap düşünmüyorken, Sedat sanki "Neyi?" der gibi kafasını hafifçe sağa doğru hareket ettirdi.

"Bizim okula gelmiştiniz," dedim. Gözlerim dolmaya başlamıştı artık. "Yıl kaçtı, hatırlamıyorum, çok oldu ama siz hatırlatın isterseniz?"

Ona zaman tanımak için tane tane konuşuyordum. Bu arada kekimi de bıçağımla kesip ağzıma atmış, onu dinlerken çiğnemeye başlamıştım.

"Çok okula gittik, çok yardım ettik çocuklara," dedi gözyaşlarımı görüp görmezden gelerek. Sonra devam etti. "Sen ne için sordun?"

Ağzımdaki lokma bile devamında ne söyleyeceğimi çok merak ediyormuşçasına hızlıca mideme koşup oturdu.

"Evet, evet... Ama yardım değildi bu seferki," diye cevapladım. Önümdeki kek parçalara ayrılmışken sanki masadakiler de kendi içlerinde binbir parçaya ayrılıyor, Monet'nin tablosundakiler dahi kafalarını çevirmiş beni dinliyorlardı.

"Ne demek istediğini anlayamadım," der gibi masaya doğru yaklaşarak hafifçe öne eğildi.

Ben yine ona bakmıyordum, sadece önümdeki tabağa odaklanmıştım. Ama hareketlerini göz ucuyla da olsa görebiliyordum.

Sedat dışında Yiğit'in ifadesini de göremiyor ama tahmin edebiliyordum, ter damlaları alnından akıyor olmalıydı. Doruk'un elleriyse bacağımda hareketlenmiş, bir masa örtüsüne, bir bana değmeye devam ediyordu.

"Yardım olmayandan kastınız nedir?"

İnsan zihnini düşündüm, tabaktaki parça parça dağılmış tatlıya bakarken. Bu kadar mı güçlüydü insan zihni, kendi yanlışlarını istediği zaman kendine unutturabilecek, hatta tamamen hafızasından silebilecek kadar? Bu kadar mı kendi elindeydi, aynaya bakarken gözlerini kör edebilmesi? Bu kadar mı karışıktı Tanrı'yla hesabı; günahlarını sevaplaştırarak anlatabilecek kadar?

"Ben," dedim ve bu sefer önümdeki peçeteyi kucağımdan kaldırdım. Ondan kurtulmak istedim. Ve Yiğit'e diktim gözlerimi.

Kafasını sağa sola sallıyor, "sen bilirsin" demeye çalışıyordu sanki. Demek ki hiçbir şey demeyecek, sessiz kalacaktı. Ama onu da anlıyordum. Belki benden bile ağırdı yükü. Doruk kaşlarını çatmış, sadece bana bakıyor; babasını sanki hiç duymuyor, duymamış gibi davranıyordu. Aysel Hanım gözlerini açmış, gözbebeklerini masanın ortasına düşürmüş gibi öylece hareketsiz duruyordu.

Bakışlarımı Yiğit'ten çekip hiç korkmadan hızlıca Sedat'ın yeşil gözlerine sabitledim ve hiç ayırmadan konuşmaya devam ettim.

"Hatırlamazsınız tabii, hatırlamak istemediniz çünkü. Unuttunuz beni, yaptığınız tüm kötülükler gibi. Sildiniz hafızanızdan. Utanmadan, arsızca bir de beni burada ağırladınız. Konuşmam mı sandınız? Ben daha çocukken arabanızda bana hunharca tecavüz ettiğinizi söylemem mi sandınız?"

Kelimelerim silah gibi patlamış, vurmuştu Sedat'ı. Dışarıdaki kuşların çığlıkları masadaki savaşımı duymuş gibi yemek odasına yayılmıştı sanki. Aynı anda evin camlarına sert bir rüzgâr vurmuş, kelimelerimden çıkan sesin dili olmuştu.

Alnından vurmuştum onu, hem de hiç ıskalamadan. Geçmişin kırmızısından görünmez bir kan yayılıyordu şimdi masanın her tarafına. Her yeri kaplıyordu sanki. Tabaklardan kadehlere sıçrıyor, yemeklerden duvarlara yürüyor, oğullarının ve karısının kaderine damlıyordu o kan. İşte bu denli şiddetliydi kelimelerin sahip olduğu güç. İsteyince, güç diye tanımladığımız her şeyi yerle bir ederdi...

"Ne diyorsun sen? Ne saçmalıyorsun? Terbiyesiz, ahlaksız kadın," dedi bağırarak. Kendi yanlışı yüzüne vurulunca saldırıya geçen tüm suçlular gibi, birden tüm cüssesiyle ayağa kalktı, kalkışıyla masadaki kadehler sallandı, önünde duran şarap masadan yere doğru savruldu, dökülen içki örtüye sinsice yerleşti. Yüzleşmenin lekesiydi bu, silinince geçmeyenlerden...

Doruk o anda şoka uğramış, bakışlarını bana dikmiş vaziyette titriyor, Aysel Hanım ise ayağa kalkmış bir kocasının suratına bir Yiğit'e bakıp duruyordu. Herkes ne yapacağını şaşırmış gibi hareketsizdi. Sanki bu ailenin başına bir şey gelirse her daim sakinliklerini koruyacaklarına dair yemin etmiş gibiydiler. Aralarında böyle bir gizli anlaşma varmış gibi...

"Duydunuz," dedim sessizliği bölerek. Yerimden kalkmadan, ellerim titremeden, tüm soğukkanlılığımla, tüm cesaretim, tüm korkusuzluğum, tüm dürüstlüğüm, tüm çocukluğum, tüm Eylül'lüğümle.

"Bu zenginliğinizin, bu gücünüzün, bu ayrıcalığınızın maskesi altında ne kadar pislik biri olduğunuzu tekrarlamama lüzum var mı?"

Yıllardır midemde uçuşan, kaçacak yer bulamadıkları için içimde kanat çırpıp duran kelebekler nihayet özgür kalmışlardı.

Şimdi hepsi yemek masasının üzerindeki avizenin etrafında gönüllerince süzülüyorlardı.

DAHA SONRA

30

3 ay sonra...

Neden hep mutluluk bulutlarla, gökyüzüyle bağdaştırılmıştır? Neden mutluyken havalara uçarız da mutsuzken kendimizi yerin dibine girmiş hissederiz? Neden dünya başımıza yıkılır, vücudumuzun bile en tepesine zarar vermekten korkarız? Nedir tepelerle, yükseklerle derdimiz?

Bilemedim hiçbir zaman yükseğin, alçaktan neden bu denli değerli olduğunu. Sormadım da hiç kimseye. Belki yoktu henüz cevabı, yaşamdaki çoğu şeyin cevapsızlığı gibi...

Ama şimdi yerden kilometrelerce yüksekte, uçağın küçük penceresinden bulutlara bakarken ister istemez düşünüp cevap bulmaya çalışıyorum.

Arkadaş gibi yan yana dizilmiş beyazın her tonundaki bulutlar, arada sırada kendini gösteren güneş ışığıyla selamlaşıp birbirlerine gülümsüyorlar sanki. İçimdeki Eylül'le Derin'in de tekrar el ele verip arkadaş olmalarını, artık birbirlerine gülümseyebilmelerini hatırlatıyorlar bana. Bulutları içimdeki çocuklara benzetiyorum. Tüm insanların içinde var olan çocukların da benim içimdekiler kadar mutlu olmalarını diliyorum, herkesin ortak olduğu, tarihi bir duayla...

Mutluyum, hem de hiç olmadığım kadar. Hayır, düzelteceğim bu cümleyi. "Hiç olmadığım kadar" değil, "hiç bilmediğim kadar" mutluyum. Çünkü çeşitli mutluluklar vardır yaşamda. Sırasıyla yaşanır bazısı, bazısınaysa hiç denk gelmezsiniz bir ömür boyu. Oysa ben bu hiç bilmediğim mutlulukla yüz yüze gelmiştim sonunda. Hem ilk kez tanışır gibi, hem de bundan sonra hiç küsmeyecekmişçesine.

Sabah uçağı olduğundan çoğu insan uyuyor şimdi. Arka sıramdakilere baktığımda, bir çift kendilerine verilmiş yastıklara sarılmış, çoktan rüyalara dalmış. Öndeki yolculara baktığımdaysa, birbirlerinin omzuna yaslanmış öylece uyuyakalmış insanlar görüyorum. Belki hepsi aynı görünüyorlar ama kimbilir gittikleri yere ya da döndüklere yere dair, birbirinden farklı sorular vardır kafalarında...

Saat 7:17'yi gösterirken pencereden aşağıya doğru, bulutların kestiği görüntüden ara sıra yakalayabildiğim evlerin minicik çatılarına bakıyorum. Bugün pazar olduğundan herkesin mışıl mışıl uyuduğunu, her şeye rağmen en azından "pazar" gününü hediye ettiği için düzene şükrettiklerini hayal ediyorum. Uyku, düzenin bize hediye ettiği bir nimet mi? Yoksa onu da aslında farklı farklı yollarla sömürüyor mu? Bundan bir türlü emin olamıyorum.

Oysa ben uyanmıştım çoktan. Şimdi bu hiç bilmediğim mutlulukla yüz yüze gelmiş olmanın, insanı bulutların üzerindeymişçesine iyi hissettirdiğini görüyor, mecazıyla da gerçeğiyle de kendi varlığımın keyfini çıkarıyorum.

İlk defa olması gereken olmuştu işte. Her şey ortaya çıkmıştı. Yaşadığım acı, bir sır olmaktan vazgeçip sahnenin tam ortasında durmuş, herkesin hayatında bir anlığına da olsa başrol olmuştu. Belki de sadece anlık sahnelerin toplamıydı hayat dedikleri şey, merhaba ile elveda arasında geçen zamandaki sayısız olasılık...

Aysel Hanım o günden sonra benimle tekrar buluşmak istemişti. Yaşadıklarımı anlatmamı istiyordu, beni anlamayı... O geceden tam bir hafta sonra, acısı köşeye çekildiğinde buluşma talebini sükûnetle kabul etmiş, yaşadıklarımı ona detaylarıyla anlatmıştım. Beni sonuna kadar dinlemiş, konuşmamı neredeyse hiç bölmemiş, hatta konuşmanın sonunda, "Birinin benim kızım olmasını hiç bu kadar çok istememiştim," diyerek kucaklamıştı beni. Bir anne gibiydi benim için. Anne olmak tam olarak ne gibiyse, öyle.

Doruk, o gece evlerinden ayrılırken peşimden gelmiş, daha doğrusu elimi hiç bırakmadan benimle beraber evden çıkmış, şaşkınlığını ve üzüntüsünü üzerinden atması için yanında olmam gerektiğini söylemiş, uzunca bir süre durmadan ağlamıştı. Arabasını ben kullanmıştım ve o gece bana gitmiştik. Hatırlıyorum, sabah saat altı buçuktu ve bütün şehir uyuduğunda biz daha uyumamıştık. Gece bana sarılıp, "Duyuyor musun beni? Sen artık benim ailemsin," dediğinde, bu kelimeye ne kadar yabancı olduğumu fark etmiştim. Bu kelimenin, soğukta kalmış tarafımın üzerini battaniye gibi örtüp beni ısıttığını ve okşadığını da... Aile nasıl olunuyorsa, onu yavaş yavaş Doruk sayesinde öğrenecektim. Aramızdaki aşk da, bağ da kopmayacak kadar güçlenmişti artık. Geçmişteki acılara bulaşmadan, sadece aşkın getirdikleriyle devam edecektik yolumuza. Birbirimize verdiğimiz en büyük söz bu olmuştu.

Yiğit, o geceden sonra beni arayarak cesaretimden ötürü minnet duyduğunu söylemişti. "Umarım böylesi senin için daha iyi olur, her zaman yanındayım," diyerek ve aramızda oluşan bağa inanarak. "Bir roman karakteri olsan herkes seni severek okurdu, herkesin senin cesaretini görmesini isterdim," demişti telefonu kapatırken. Konuşmayı gülerek bitirmiştik ama son cümlesinin hüznü kalmıştı içimde.

Lidya, o geceden sonraki hafta tuhaf şeyler olduğuna dair bir içgüdüyle evime gelmişti. "Bir şeyler oldu sana sanki," diyerek başlayan konuşmasını dinlemiş, sonrasında dayanamayıp her şeyi ona anlatmış ve rahatlamıştım. Duydukları karşısında sarsıntılar geçirse de acımı dinlemiş, beni anlamaya çalışmış ve cesaretimden ötürü hep arkamda olacağını söylemişti. Ortak geçmişimizin gücü, bir kez daha sarıp sarmalamıştı bizi.

Sedat'a, acımın başrolüne gelince... Yiğit'in ve görüştüğümüzde Aysel Hanım'ın anlattıklarına göre, o yemekten sonra tüm gece Aysel Hanım'a ve Yiğit'e böyle bir şey olmadığını söylemiş, her şeyi inkâr etmiş, beni yalancılıkla ve karaktersizlikle suçlamıştı. Yiğit kendi tanıklığını anlattığında ise herkes susmuş, Sedat, "Biraz uzanması gerektiğini, kendini iyi hissetmediğini," söyleyerek o sessizliğin ağırlığıyla odasına çıkmış ve uyumaya çalışmış, sabaha karşı saat tam 5:14'ü gösterirken çekmecesindeki silahla kendini vurmuştu. Duyduğu sözcüklere boyun eğmiş, geçmişine yenik düşmüş ve kendi kötülüğünün yarattığı evdeki o ağır sessizlikle başa çıkamamıştı. Medya tüm bilgisizliğiyle bu olayı "kalp krizi" diyerek duyurmuş, tüm basın mensupları ve medya dünyası televizyonda dahi yayınlanan defnetme sahnelerinde Sedat'ın ölü bedeninin yanında beklemiş, intiharının sebebinden bihaber, çelenkler arasında ağlayıp durmuşlardı. Doruk, Yiğit ve Aysel Hanım sadece taziyeleri kabul edip olup biteni uzaktan izlemişlerdi. Acı hissine uzaklıklarıyla aynı mesafeden...

Bir insan eğer kendi yaptığı kötü şeylerle yüz yüze gelirse, aslında kendisini öldürürken yaptığı kötü şeyleri öldürmeye çalışır. Hedef kendisi değil, mutlaka yaptıkları veya hissettikleridir. Derinlerde saklanan ama yüzeye çıkması gereken "yüzleşme" duygusu, bu yüzden bazıları için dehşet vericidir. Sırf bu yüzden bazısı gerçekleri duyunca hiddetlenir, sağır olmak ister, ayağa kalkar, gözlerini büyütür ve bir aslan gibi pençelerini çıkarıp, "Yalan söylüyorsun!" der. İçindeki güçsüzlüğü yok sayan insanlara dönüp ikinci kez bakmak gerekir. Yani içinde hiç zayıflık taşımayan yoktur aslında.

En güçlü duranlar, güçsüz yanlarını en iyi gizlemeyi bilenlerdir sadece.

Bence Sedat'ın ölümü buydu. Ama benim hayatımdaki acının hafiflemesinden kilometrelerce uzaktaydı ölümü. Çünkü zihinde var olan, yaşamda var olandan daha öndeydi, hatta daha gerçek. Birinin ölmesi akıldan gitmesi demek değildi ki hiçbir zaman. Bana yaptıkları değişmemişti, zihnimin odasında hâlâ duruyordu. Sadece kapısı açılmıştı o odanın, yabancı misafirleri olmuştu. Bu da benim acımı biraz olsun "paylaşılmış" kıldığından hafifletmişti. Acının tanığı olunca, insan kendini biraz olsun iyi hissediyordu.

Dizimde uzun zamandır yatan Doruk, uykusundan yavaşça uyanmıştı. Dağınık saçlarını sevdim, elimle saçlarının arasında sevgiyle gezindim. Babasının ölümünden sonra karar verip yeni bir yaşam kurmak için gittiğimiz Londra'daki hayatımızın nasıl olacağını düşünürken, yüzünde sabah mahmurluğuyla gözlerimin içine baktı Doruk.

"Bir daha hiç acı yok, seni öyle çok seviyorum ki," dedi. Yaşadığım şeyin ağırlığını hafifletmek için bana sürekli telkinde bulunuyor, güzel sözler söylüyordu. Oysa onun da ilgiye ve sevgiye en az benim kadar ihtiyacı vardı artık.

Elleriyle yüzümü, yanaklarımı sevdi. En sahici halimle karşılaşmıştı çünkü rolünü çoktandır iyi oynayan o oyuncu artık sahneden inmişti. Neyse ki Doruk yapmak zorunda kaldığım hiçbir şey için bana kızmamış, hiçbir şey için benden hesap sormamıştı. Beni anlamıştı ve bu ikimize de yetmişti.

Mutluydum mutlu olmasına ama yaşam var oldukça acının olmaması mümkün müydü?

Sanırım, "şimdilik" yeterliydi.

Belki de bu "şimdi" dedikleri, mutluluğun asıl gizlendiği yerdi.

Ve ben de mutluluğun gizlendiği yeri artık bulmuştum; onunla yüz yüzeydim.

"*Bütün bu yolculuk, kendimden kendime imiş.*"

İbnü'l-Arabî